어른들

Voksne mennesker

© Marie Aubert
First published by Forlaget Oktober AS, 2019
Published in agreement with Oslo Literary Agency
All rights reserved.

Korean Translation Copyright © 2021 by Jaeum & Moeum Publishing Co.
Korean edition is published by arrangement with Oslo Literary Agency
through BC Agency, Seoul.

어른들

마리 오베르 장편소설

권상미 옮김

o

GR　WN UPS

자음과모음

차례

일러두기
모든 주는 옮긴이의 것이다.

1

아이들. 언제나, 어디나, 항상 아이들이 있다. 버스처럼 피할 수가 없는 곳에서는 더 견디기 힘들다. 따가운 햇볕이 더러운 유리창을 관통해 등에서 땀이 나고, 신경이 곤두섰다. 드람멘(Drammen)에서 출발한 버스는 이미 만원이었지만, 콥스타(Kopstad)와 퇸스베르그(Tønsberg)와 폭세뢰(Fokserød)를 거치며 더 많은 사람들이 승차했다. 좌석을 차지하지 못한 이들은 이리저리 흔들리며 통로에 서 있을 수밖에 없었다. 내 뒷좌석에는 아이아빠가 아이 하나를 데리고 앉아 있었다. 세 돌쯤 된 남자아이는 음량을 한껏 올린 채 아이패드로 어린이 애니메이션 영상을 보고 있었다. 금속성 음악이 날카롭게 울리자 아빠가 음량을 줄이려고 해보았지만 아이는 심술궂게 소리를 지르며 다시 볼륨을 높였다.

나는 책을 읽으려다 속이 메슥거려 그만두었다. 핸드폰 배터리도 거의 남아 있지 않아 팟캐스트도 들을 수 없었으므로 쿵쾅거리는 금속성 멜로디만 내 귀에 들릴 뿐이었다. 나는 텔레마르크(Telemark) 터널에 가까워지자 더는 참지 못하고 아이아빠를 돌아봤다. 턱수염을 기르고, 꽁지머리를 동그랗게 묶고 있어 젊고 한심한 힙스터처럼 보였다. 나는 활짝 웃어 보이며 그에게 소리를 조금만 낮춰줄 수 있느냐고 물었다. 내 어투에 짜증이 묻어 있다는 것을 누구나 알 수 있었다. 어쩌면 내가 이 상황을 은근히 즐기고 있다는 것을 그가 눈치챘을 수도 있었다. 하지만 만원 고속버스에서 볼륨을 이토록 높여서는 안 되는 것이다.

힙스터 아빠가 목젖을 문지르며, 강한 스타방에르(Stavanger) 억양으로 말했다.

"음, 그러죠. 그런데 방해가 되나요?"

나는 웃음을 띤 채 대답했다.

"좀 시끄럽네요."

그가 퉁명스러운 표정으로 아이의 손에서 아이패드를 낚아채자 놀란 아이가 우렁차게 울부짖기 시작했다. 내 앞자리의 노부부가 고개를 돌리더니 한심하다는 표정을 지었다. 그리고 아이와 아빠가 아닌 나를 향해 말했다.

"소리를 줄이라고 하니까 이렇게 되잖아요."

마치 기다렸다는 듯 아이아빠가 말했다.

"여자분한테 방해가 된대. 그만 봐."

때마침 버스가 주유소로 접어들었다. 잠시 화장실도 가고 커피도 마시는 시간이다. 뒷좌석에 누워 울어대는 아이를 뒤로하고 나는 서둘러 가방을 가지고 버스 통로를 빠져나갔다.

크리스토페르와 올레아가 빈테르셰르(Vinterkjær)에서 나를 기다리고 있었다. 마르테는 함께 있지 않았다. 크리스토페르는 키가 큰 편인데, 올레아는 아빠를 닮지 않아 키가 작았다. 올레아는 올가을에 학교에 들어가는데, 학교에 가기엔 몸이 너무 작고 약해 보였다.

크리스토페르가 두 팔로 나를 꼭 안으며 말했다.

9

"얼굴 보니 좋네."

"나도. 올레아 머리 긴 것 좀 봐."

나는 아이의 묶은 머리를 살짝 잡아당기며 대답했다.

크리스토페르가 말했다.

"올레아가 어제 헤엄치는 법을 배웠어."

올레아가 윗니 네 개가 빠진 자리를 드러내며 생긋 웃었다.

"아빠가 도와주지 않았는데도 혼자 수영을 했어요."

"우와, 정말 대단한데."

올레아가 또 말했다.

"마르테가 사진을 찍었어요. 별장에 가서 봐요."

나는 차 트렁크에 가방을 실으며 말했다.

"분명 마르테는 물가에서 노닥거렸을 테니까."

올레아가 뒷좌석에서 신이 나서 맞장구를 쳤다.

"맞아요. 정말정말 게을러요."

크로스토페르가 시동을 걸며 올레아를 향해 말했다.

"올레아, 그렇게 말하면 안 되지."

나는 고개를 돌려 올레아에게 윙크하며 속삭였다.

"마르테가 쪼끔 게으르지."

크리스토페르가 크흠 헛기침을 했다.

나는 아랑곳하지 않고 올레아에게 다시 말했다.

"난 그런 말 해도 돼. 농담해도 된다는 특별 허가를 받았거든."

농담 좀 하면 어때서. 가끔은 마르테의 엉덩이를 걷어차 정신 차리게 하고, 올레아에게 윙크를 하며 웃기기도 했다. 내 우스갯소리에 아이가 신이 나서 두 눈이 반짝이는 걸 보는 게 너무 좋았다.

차가 해안도로를 달리는 동안 나는 크리스토페르에게 힙스터 아빠와 아이패드의 볼륨을 최대로 켜놓고 보던 꼬마에 대해 이야기했다.

"그런데 사람들이 나한테 짜증을 내더라니까. 시끄럽게 군 건 내가 아닌데 말이야. 꼬맹이 아빠가 그 일로 어찌나 구시렁대던지."

"애들을 조용히 시키는 게 어려울 때도 있잖아."

그렇게 말하는 크리스토페르에게서 익숙한 체취가 났다. 통나무집 냄새와 페인트 냄새 그리고 비릿한 바다 냄새.

내가 물었다.

"올레아가 세 살 때 만원 버스에서 볼륨을 크게 해놓고 아이패드 보여준 적 있어?"

크리스토페르가 대답했다.

"나야 없지. 하지만 사람들은 아이들을 거슬려 할 줄만 알지, 아이들이 어떤지를 잘 몰라. 아이들은 아이들답게 돼야지."

크리스토페르는 언제나 그런 말을 했다. 아이들은 아이들답게 돼야지, 자기 몸이 하는 말에 귀를 기울여야지, 라고.

"하지만 운다고 볼륨을 바로 높여주는 건 아니지."

나는 지금 내가 육아에 대해 잘 모른다는 걸 표 내고 있다는 것을 깨달았다. 그러면서도 억지를 부리듯 한 번 더 말했다.

"심지어 **만원 버스**였다고."

크리스토페르는 싱긋 웃더니 내 어깨를 토닥이며 말했다.

"심호흡해, 이다."

나는 그쯤에서 말을 멈췄다. 분명 이해도 못 할 텐데, 뭐. 이런 문제라면 마르테와 이야기가 잘 통할지도 몰랐다. 올레아가 시끄럽게 굴면 짜증스러워하니까. 그리고 오늘 밤에 긴히 할 이야기도 있었다. 와인 몇 잔 걸치고 난 뒤, 크리스토페르가 올레아를 재우러 가고 없을 때.

이 주 전, 스웨덴 예테보리(Göteborg)에 혼자서 기차를 타고 갔다. 호텔에 머물다가 다음 날 아침, 몇 블록 떨어진 난임 클리닉에 갔다. 여느 진료실과 다르지 않았지만 좀 더 쾌적하고 밝았다. 커다란 유카 화분들이 놓여 있고 벽에는 평온해 보이는 엄마와 아기 또는 알을 품고 있는 새 이미지가 걸려 있었다. 의사의 이름은 융스테트였다.

그는 마치 내게 물건이라도 팔듯이 말했다.

"그럼요. 요즘 난자 냉동이 **얼마나 인기**가 높아졌는데요."

나는 웃으며 대답했다.

"그런 것 같네요."

나는 여름 휴가철을 맞아 인기가 많아진 예테보리의 한 레스토랑을 미리 예약해두었다. 난자를 채취하여 은행에 예치하는 난자 계좌를 개설한 기념으로 근사한 점심과 고급 화이트와인을 음미하며 축하할 생각이었다.

의사가 말했다.

"아직 애인이 없거나 지금 아이를 가질 생각이 없다면 정말 좋은 기회죠."

"맞아요. 휴가 끝나고 바로 시작하면 좋겠어요."

의사는 컴퓨터 자판을 탁탁 두드리며 말했다.

"다음번에 남자친구가 생겨 다시 찾아오면 마흔두세 살쯤엔 이 난자를 쓸 수 있겠네요."

나는 진료대에 누워 그 남자친구를 상상해봤다. 지금부터 몇 년 후, 나와 함께 이 진료실에 와 있는 턱수염이 난 키 큰 남자를. 얼굴 표정을 상상할 수는 없지만 그는 병원 엘리베이터에서 내 어깨를 감싸 안고 이렇게 말할 것이다. **이다, 우리가 부모가 된대.** 그냥 여기에 누워 있는 것만으로도 상상 속 남자친구와 아이가 **현실**이 될 것만 같았다.

의사가 내 직업이 뭐냐고 물어서 진료대에 다리를 벌리고 누워 있는 상태로 건축가라고 대답했다.

"근사한 집을 설계하시겠군요."

"뭐, 그렇죠. 큰 회사예요. 주로 도시계획과 관련된 일이나 공공건물을 설계하죠."

나는 말을 멈췄다. 그동안 어떤 건물들을 설계했는지 긴 설명으로 접어드는 중, 다리 사이를 통해 기구가 몸속으로 들어왔다. 의사가 화면으로 내 자궁을 살펴봤다. 검사를 위해 사용했던 차갑고 미끌미끌한 젤의 감촉이 아직 느껴지는 와중에, 혈액검사를 받기 위해 문밖으로 나오는데 의사가 말했다. 검사 결과가 나오는 이 주 뒤쯤에 언제 시작할지 계획을 세우자고.

나는 핸드폰을 확인했다. 스웨덴에서 걸려 온 부재중전화는 없었다. 크리스토페르가 굽은 도로를 속도를 줄이지 않은 채 도는 바람에 속이 거북해졌다. 내 발치에서 이리저리 굴러다니는 음료수병과 바스락거리는 빈 포장지들에서 시선을 돌려 크리스토페르의 옆모습을 쳐다봤다. 살이 붙었는지 얼굴이 더 동그래졌다. 마르테의 눈을 피해 차에서 올레아와 단둘이 간식과 음료수를 몰래 먹은 게 아닐까, 하고 생각했다. 두 팔도 햇볕에 그을렸다. 처음 며칠 동안은 날씨가 좋아서 작은 섬을 여행하며 수영을 했지만 그 후로는 날씨가 계속 변덕스러웠다는 마르테의 말을 듣고, 나는 수영복과 울 스웨터를 둘 다 챙겼다.

"엄마하고 스테인은 언제 온대?"

내가 묻자 크리스토페르가 대답했다.

"내일. 오늘 밤은 우리끼리만 지낼 수 있으니 좋을 거야. 마르테는 지금 정신이 없거든."

"아이고."

"어떤지 알잖아. **호르몬** 때문에."

그는 내가 이해할 거라는 듯이 말했다. 내가 전혀 모른다는 것을 너무나 잘 알면서도. 하지만 나는 고개를 끄덕였다.

"그럼, 잘 알지. 가여운 마르테."

두 사람은 커플이 된 후로 삼 년 동안 줄곧 임신을 시도해왔다. 하지만 마르테는 두 번이나 유산을 했다. 마르테는 비밀을 감추지 못하는 편이라 언제 생리를 하고, 언제 배란기인지 나는 모든 걸 마르테만큼이나 잘 알고 있었다. 우리가 엄마와 만날 때마다 마르테는 더 이상 못 견디겠다며, 새엄마로만 살기 싫다고 울먹였다. 그럴 때면 엄마는 마르테의 등을 쓰다듬으며 말했다. 하지만 마르테, 요즘은 아무도 **새엄마**라는 말 안 써. 넌 **보너스** 가족이 되는 거야. 요즘은 그렇게 말하더라, 보너스 가족이라고. 그러면 마르테는 내 보너스는 어디 있냐고 거듭 물었고, 그럼 나 역시 마르테의 등을 어루만지며 말했다. 결국엔 다 잘될 거야. 엄마와 나는 그러니 걱정하지 말라고 위로하지만 그럴 때마다 마르테는 이렇게 소리쳤다. 그게 대체 **언제**냐고!

나는 가끔 동료들과 점심을 먹으며, 내 여동생이 임신 때문에 스트레스를 받는다고 이야기하곤 했다. 하고많은 생각 중에 종일 그 생각만 하며 보내는 동생이 그 일을 어떻게 감당할 수 있을지 모르겠다고.

차가 별장에 도착했다. 나는 자세를 고쳐 앉으며 크리스토페르에게 물었다.

"별장에 새로 페인트칠한 거야?"

그가 대답했다.

"응. 주로 내가 했지. 근사해 보이지 않아?"

"그러네. 정말 근사해."

두 사람은 별장을 흰색으로 칠했다. 별장은 원래 노란색이었는데, 그래서 나는 사람들에게 늘 이 집을 노란 집이라고 말하곤 했다. 저희는 저 노란 집 사람들이에요. 하지만 이젠 주변의 다른 별장과 다를 것 없이 평범해져버렸다.

크리스토페르가 내 가방을 들었다. 나는 사소한 것이라도 늘 그가 도와주기를 원하는 마르테와는 달랐으므로 내가 직접 들겠다고 말했다. 하지만 그는 괜찮아, 라고 말하며 가방을 들고 갔다. 올레아는 벌써 자갈이 깔린 진입로를 지나, 정원의 울타리를 따라 나란히 놓인 디딤돌을 밟으며 뛰어갔다. 뭔가 신나는 일이 기다리고 있기라도 한 듯이.

나도 울타리를 따라 별장으로 걸어갔다. 내가 어릴 때는 무성하고 빽빽하게 심은 삼나무 울타리였는데, 엄마가 몇 년 전에 좀 더 은은한 게 좋다며 고광나무로 바꾸었다.

마르테가 피곤해 보이는 얼굴을 두 손으로 비비며 계단을 걸어 내려왔다. 나는 그 모습을 보고 피식 웃었다.

마르테가 올레아의 머리칼을 흩뜨리며 물었다.

"이다 이모 마중 나갔었구나?"

올레아는 마르테의 손에서 빠져나가 달아나버렸다. 마르테는 내가 **이다 이모**라는 호칭을 좋아하지 않는다는 걸

18

알면서도 그렇게 불렀다. 나는 엘사 베스코브*의 그림책에 나오는 모습을 떠올렸다. 동화 삽화 속 초록 이모, 갈색 이모, 보라색 이모의 모습은 쭈그렁 할머니 같았다.

마르테가 나를 꼭 껴안은 뒤 말했다.

"왔어?"

내가 대답했다.

"그래, 오랜만에 자매님 얼굴 보니 좋네."

마르테에게서 좋은 향기가 났다. 마치 내 몸의 체취를 맡는 것처럼 익숙한 향이었다. 마르테의 머리색은 뭔가 부자연스러울 정도로 밝았고, 몇 년 전 유행했던 스타일로 커트를 한 것 같았다.

나는 마르테의 머리카락을 손으로 들추며 말했다.

"좋은데!"

마르테가 물었다.

"그래? 난 색이 너무 밝은 것 같은데."

"전혀 안 그래. 예뻐."

사람들은 내가 마르테보다 예쁘다고 생각했다. 항상

_____

* 스웨덴의 어린이 책 작가.

그래왔기 때문에, 마르테는 자신의 코와 가슴에 콤플렉스를 가지고 있었다. 그래서 내가 예쁘다고 말해주면 좋아하곤 했다. 마르테를 기쁘게 하는 건 쉬웠다. 그런 유의 칭찬 몇 마디면 충분했다.

크리스토페르는 별장 뒤쪽으로 올레아를 따라갔고, 마르테와 나는 안으로 들어갔다. 문에서 삐걱 소리가 났다. 집 안으로 들어서자 지나가버린 여름의 냄새와 오래된 목조 건물의 익숙한 냄새가 났다.

이곳에 오면 내가 언제나 머무르는 작은 침실로 가방을 끌고 가는데 마르테가 물었다.

"중요한 날인데 준비됐어?"

"그렇기도 하고 아니기도 하고. 와인은 마실 준비 됐어."

마르테가 내 침대에 걸터앉으며 또 물었다.

"무슨 말을 해야 할까? 축하 인사 같은 거?"

"아니라고 봐. 하지만 혹시 몰라서 준비는 했어."

마르테는 왠지 씁쓸해 보이는 미소를 머금고 말했다.

"준비된 딸이네. 나는 차마 그럴 엄두가 안 나더라고."

신발을 벗자 양말이 땀에 젖어 있었다. 마르테가 나를

'준비된 딸'이라고 부를 때마다 마음속으로 뜨끔했다. 이렇게 생각하는 건 옳지 않지만, 마르테는 그냥 샘이 나는 것이다.

내가 물었다.

"그런데 엄마하고 스테인에게 무슨 말을 해야 할지 모르겠어. 설마 기대하고 있는 건 아니겠지?"

마르테는 술잔을 쥔 듯이 한 손을 들어 올리며 말했다.

"엄마와 **프랑켄**스테인을 위해 건배."

나는 웃으며 말했다.

"그냥 스테인이라고 해."

마르테도 쿡쿡 웃었다.

내가 덧붙였다.

"엄마와 **아인**스테인을 위해."

우리는 내일 저녁, 엄마의 예순다섯 번째 생일을 축하할 예정이다. 마르테와 크리스토페르, 올레아와 나, 엄마와 스테인, 이렇게 함께 대하를 먹고 와인을 마실 것이다. 엄마는 내 마흔 번째 생일 축하도 같이 하자고 했지만, 나는 그럴 필요 없다고 말했다. 어차피 벌써 석 달이나 지났으니까. 생일 당일엔 친구 몇 명과 레스토랑에서 코스 요리와 와인을 마시며 조용히 시간을 보냈다. 친구들은 대부분 아이가 있어서 일찍 집에 가야 했기 때문이다.

구십 년대에 엄마가 마흔이 되었을 때는 '인생은 사십부터!'라고 적힌 카드를 선물로 받았다. 나는 아직도 그 카드를 기억했다. 로켓과 별똥별 모양이 프린트된 카드였다. 엄마는 카드에 적힌 메시지가 재미있다고 생각해서, 그해 내내 그 말을 입에 달고 살았다. 엄마가 인생은 사십부터! 라고 외치면 엄마의 친구들은 다 함께 잔을 들어 올렸다. 학령기의 아이를 둔 여자들로 건조한 입술에 립스틱을 바르고 얼굴엔 일상의 고단함이 묻어 있었던 것으로 기억하는데, 그녀들은 그 모임을 '여자들의 밤'이라 부르곤 했다.

하지만 내가 마흔이 됐을 때는 **지금이 바로** 인생이 시작되는 시기라는 느낌은 받지 못했다. 생일 날, 한 친구가 내게 좋아 보인다고 말했다. 그 말이 무슨 위안이라도 되는 것처럼. 그리고 넌 혼자이니 스스로 자신을 알아갈 수 있어 얼마나 좋겠느냐고도 했다. 그 말에 나도 이젠 다른 사람을 알아가고 싶다는 생각을 했었던 기억이 떠올랐다.

스테인과 엄마는 커플이 된 지 육 년이 지났다. 가족끼리 만날 때마다 나는 스테인이 나오지 않기를 바랐고, 우리끼리였으면 좋겠다는 생각을 하곤 했다. 그는 자식이 없으므로 이런 모임이 익숙하지 않을 터였다. 그리고 마치 마르테와 내 나이를 알지 못하는 듯 우리를 십대인 것처럼 대했다.

엄마는 자신과 스테인을 **늦게 불이 붙는** 유형이라고 말했다. 마르테와 나는 엄마가 그 말을 할 때마다 움찔했다. 그건 사실이 아니었다. 엄마는 스무 살에 아빠와 결혼했는데, 결국 어찌 됐는지 보란 말이다. 나는 엄마에게 차라리 나처럼 돼버렸으면 좋았겠느냐고 묻고 싶었다. 나는 마음속으로 종종 생각했다. 모든 게 끝나버린 게 아니라고. 최선은 아직 오지 않았다고 스스로에게 말해야 하는 것이다. 하지만 스테인과 마르테와 크리스토페르는 나를 그렇게 보고 있는 것 같았다. 아무것도 모르면서. 내겐 계획이 있어. 비밀이 있다고. 나는 내일 저녁까지 기다릴 것 없이, 지금 당장 마르테에게 말하기로 마음을 먹었다. 스웨덴에서 난자를 냉동할 거야. 그럼 마르테는 눈이 동그랗게 커져서 날 바라보며 말하겠지. 우와, 대단해.

마르테가 말했다.

"그런데 언니한테 전할 중요한 소식이 있어."

마르테의 표정이 평소와는 뭔가 달라 보였다. 미소에는 진지함이 담겨 있었고, 약간의 떨림마저 느껴졌다. 나는 몇 초 동안 마르테를 물끄러미 바라보고 나서야 그 미소의 의미를 깨달았다.

내가 물었다.

"정말이야?"

마르테는 웃고 있었지만, 눈에는 눈물이 글썽였다.

"정말이야."

나는 마르테 곁에 앉으며 말했다.

"우와, 정말이라고?"

마르테는 이 말을 꺼내기 위해 지금까지 기다리고 있었을 터였다. 나는 그것도 모른 채 엄마와 스테인에 대한 쓸데없는 말들을 지껄였던 것이다. 나는 얼른 마르테를 꼭 안았다. 동생은 흐느껴 울고 있었다. 마음 깊은 곳에서 우러나오는 듯한 떨림이었다.

마르테는 눈가의 눈물을 훔치고는, 내가 묻기도 전에 먼저 말을 꺼냈다.

"십오 주 됐어. 임신이 확실해질 때까지 말할 용기가

안 났어."

"이번엔 분명 성공할 거야."

나는 달리 할 말을 찾지 못했다. 실망하는 마르테를 껴안고, 등을 쓸어내리고, 다 잘될 거라고 위로하는 게 더 익숙했다. 가끔은 마르테를 술집에 데려가 와인을 사주며 이렇게 말하기도 했다. 아직 술 마실 수 있을 때 마셔둬, 마르테. 그러면 크로스토페르와 엄마는 내가 그녀의 마음을 돌려놓는 데 능숙하다고 말하곤 했다.

"그래도 잘못될 수 있어. 십오 주면 아직 얼마 안 됐잖아."

마르테가 나를 보며 놀란 듯한 표정을 지었다. 그러나 곧 날카롭게 말을 잘랐다.

"그렇지. 하지만 어느 정도는 안심해도 돼."

"그냥 말이 그렇다고. 네가 실망할까 봐."

"나도 알아."

나는 환하게 웃으며 마르테를 한 번 더 꼭 안아줬다.

"하지만 굉장한 소식이야. 생각해보면 결국 다 잘됐잖아."

"맞아. 시험관을 다시 시작하려던 참이었거든. 그러다가 **짠**."

결국 마르테도 웃음을 보였다. 이 순간을 즐기고 싶지, 괜한 걱정으로 기분을 망치고 싶지 않은 것이다.

내가 되물었다.

"짠? 자연적으로 말이지?"

마르테가 허공을 향해 승리의 주먹을 불끈 쥐어 보이며 말했다.

"응, 자연적인 게 최고지."

나는 또 한 번 감탄했다.

"와!"

마르테가 방을 나가다가 잠깐 멈춰 서서 말했다.

"별장을 흰색으로 칠하니까 근사해 보이지 않아? 노란색보다 훨씬 나은 것 같아. 남유럽풍 느낌도 나고."

나는 못 들은 척하고 복도로 나 있는 문을 닫았다.

땀에 젖은 티셔츠를 벗고 침대에 누웠다. 침대보는 나를 위해 미리 정돈되어 있었다. 나는 천장을 올려다보며 열린 창문 밖에서 들려오는 소리에 귀를 기울였다. 멀리서 갈매기들이 끼룩거리고, 올레아가 크리스토페르를 향해 이런저런 요구를 해댔다. 아이는 자신이 원하는 것이 받아들여질 때까지 볼멘소리로 아빠! 하고 계속 불러 댔고, 크리스토페르는 핸드폰을 보고 있는지 응, 보고 있어! 하고 건성으로 대꾸했다.

브라만 입고 누워 있기에는 추웠다. 왠지 울 것 같은 기분이 들었다. 보송하게 마른 침대보는 낡아서 올이 풀렸지만, 갓 빨랫줄에서 걷은 듯한 냄새가 났다. 나는 어릴 때부터 여름마다 옛날식 폼 매트리스로 된 이 침대에 누워 있곤 했다. 그리고 지금도 여기에 있다. 마르테와 함께. 그리고 마르테의 남편과 배 속의 아기와 올레아와 함께.

나는 지금 사실이 믿기지 않았다. 친구들이 하나씩 나를 두고 가버렸고, 이제는 마르테마저 가버린 듯한 기분이 들었다. 나는 마음 한구석으로는 이렇게 믿고 싶었는지도 몰랐다. 아무 일도 안 일어날 거라고, 아무 변화도 없을 거라고. 마르테는 언제나 그 자리에 남아서 나의 위로를 필요로 할 거라고. 결코 나만 두고 가버리지 않을 거라고.

나는 두 팔로 나의 몸을 감쌌다. 피부는 생기를 잃은 듯 건조했고, 말라빠진 몸뚱이는 보잘것없었다. 요즘은 아무도 내게 관심을 보이지 않았다. 마치 이젠 내가 존재하지 않는 것처럼. 최근에는 별장에 누군가를 데려올 만큼 오래 만남을 지속한 적도 없었다. 마르테는 열다섯 살부터 남자친구를 이곳에 데려와 함께 시간을 보냈고, 언제나 제일 큰 침실을 차지했다. 마르테는 엄마와 내가 눈살을 찌푸릴 만큼 무기력하고 심드렁한 남자애들을 거쳐 크리스토페르에게 정착했고, 올레아까지 덤으로 얻었다. 그런데 나는? 내겐 뭐가 있지?

누군가와, 아무라도, 스킨십을 한 지가 너무 오래되었다. 나는 그 느낌이 어땠는지 기억해보려고 했다. 손, 피부, 목에 닿는 숨결을. 상상을 하자 그 숨결이 다시 떠올랐다. 뒤에서 누군가 다가와 나를 안았을 때 목덜미에서부터 느껴지는 숨결이 너무나 생생하고 진짜 같았다. 누군가와 더 가까울 수 없을 만큼 가까이 있다는 것, 코끝에서 느껴지는 호흡과 내 다리 사이에서부터 가슴까지 더듬는 손길. 이런 생각은 더 이상 하고 싶지 않았다. 무슨 소용이란 말인가. 나는 자리에서 일어나 새 스웨터를 어깨에 걸친 다음, 침대에 걸터앉았다. 이 상태에서 벗어날 수 있을까. 나는 스스로를 다독였다. 전부 다 좋아질 거야. 스웨덴에서 난자를 냉동한 다음엔 다른 사람이 될 거야. 아직 최고의 순간은 오지 않았어. 거울 앞에 서서 몸매를 확인했다. 그동안 체중 관리를 잘해왔다는 생각이 들었다. 아침에 조깅을 하든지, 보트를 타고 노를 저어야지. 아니면 둘 다 하든지.

마르테가 문 안으로 고개를 쏙 내밀며 수영하러 가겠느냐고 물었다. 노크 같은 건 할 줄 모르는 애다. 나는 화들짝 놀라서 두 팔로 몸을 감쌌다. 옷을 다 입고 있는데도, 마치 해서는 안 될 짓을 하다가 들킨 것처럼. 마르테는 사과할 생각이 없어 보였다. 노크하지 않는 게 당연하고, 익숙하다는 듯이. 이곳을 자기 별장이라고 생각했다. 시간을 기준으로 한다면 우리 두 사람은 이 별장에 동일한 지분을 갖고 있지만, 마르테와 크리스토페르가 여기에 더 자주 머물렀다. 페인트칠을 하고 풀을 깎고 선착장으로 이어지는 길의 잡초를 뽑는 것도 그들이고, 해안을 따라가면 나오는 가까운 마을로 가서 저녁으로 먹을 신선한 새우를 사는 것도 그들이다. 아니, 크리스토페르가 맞을 것이다. 마르테는 반시간쯤 일하고 나면 피곤하다며 소파에 좀 누워야겠다고 하는 사람이니까.

그렇다 해도, 여기서는 마르테가 어른이었다. 자기 것

인 양 도자기 그릇을 씻는 것도 마르테이고, 이곳에 어울리는 쿠션을 사는 것도 마르테다. 나는 그런 일을 할 만큼 이곳에서 시간을 보내지 않았다. 나도 한두 번쯤은 여기서 혼자 시간을 보내는 걸 생각해본 적이 있다. 그들처럼 주인의식을 갖고 청소도 하고, 나무덱도 손보고, 정원의 잡초도 뽑으면서. 하지만 마르테도, 크리스토페르도, 엄마도, 스테인도 없을 때 여기서 혼자 지내는 것은 너무 번거로운 일이었다. 운전하는 법도 기억이 잘 나지 않아 차량을 대여하기 어려웠고, 보트를 거의 타지 않기 때문에 덮개를 열고 탱크에 가솔린을 넣는 법도 거의 잊어버렸다. 매듭을 올바로 짓는 방법도 기억나지 않아서 이상한 이중 매듭으로 배를 묶어두었다가 결국은 엄마에게 다신 손대지 말라는 경고를 들었다.

벽에 페인트를 칠하는 대신 『도날드 덕』이나 『아스테릭스』 같은 옛날 만화책을 찾아 읽으며, 오후엔 맥주를 마시며 시간을 보내는 내 모습이 그려졌다. 하지만 어둠이 내리면 너무 무서워서 혼자 안절부절못하다가 수면제 몇 알이 필요해질 것이고, 아침이 오면 불가능한 일을 해내려고 했다는 생각에 도시로 돌아가고 싶어질 것이 분명했다.

나는 수영복과 수건을 찾아 정원으로 나갔다. 잔디는 군데군데 누렇게 말라 있었고, 땅바닥에는 크로케 후프가 여기저기 박혀 있어 하마터면 넘어질 뻔했다. 벚나무에는 아직 덜 익은 붉고 노란 연한 색의 체리가 빽빽하게 매달려 있었다. 몇 개 따서 입 안에 넣어보니 맛이 시금털털했다. 나는 씨를 뱉어 공중에 최대한 높이 발사했다.

크리스토페르는 소나무 두 그루 사이에 해먹을 거느라 바빴다. 그는 다른 사람 같았다. 조금 전 차에서는 내가 알던 크리스토페르였지만, 지금은 마르테 배 속 아기의 아버지이고, 어른처럼 느껴졌다.

내가 먼저 말을 건넸다.

"축하할 일 있다며."

그가 대답했다.

"고마워. 차에서는 말해도 되는지 확신이 안 들어서."

"정말 좋은 소식이야."

그네에 앉아 속력을 내기 위해 체중을 실어 앞뒤로 발을 구르던 올레아가 물었다.

"왜 축하해요?"

내가 대답했다.

"마르테와 크리스토페르가 아기를 낳을 거니까."

올레아는 실망한 목소리로 말했다.

"아, 그거."

나는 올레아 뒤에 서서 그네를 힘껏 당겼다가 놓아주었다.

"더 높이. 더 높이, 더 높이."

올레아가 몇 번이고 되풀이하더니 속력이 붙자 그제야 만족했는지 그네가 가장 높은 곳까지 오르자 깔깔댔다. 그러고는 아빠를 돌아보며 목청껏 외쳤다.

"아빠, 나 좀 봐! 얼마나 높이 올라가는지 보라고!"

"진짜네."

크리스토페르는 나무 등치에 두 번째 해먹을 단단히 묶으며 대꾸했다. 그는 해먹에 앉아 제 몸무게를 지탱할 수 있는지 시험해봤다. 단단히 묶지 않았는지 엉덩이부터 바닥으로 쿵 떨어졌다. 웃음이 터진 올레아는 바람에 머리칼이 날리고, 다리를 허공에 대롱대롱 구르며, 입은 반쯤 벌린 채 날아다녔다. 제일 높은 지점까지 올라갔다가 하늘에서 쑥 내려올 때 배에서 느껴지는 그 기분을 나

32

도 기억했다. 완벽하게 날고 있다는 느낌. 훌쩍 떠올라 어디론가 가버릴 것만 같다가 발이 땅에 닿을 때는 너무 단단해서 깜짝 놀라는 그 기분을.

크리스토페르는 해먹의 천을 몸에 둘렀다. 누에고치 속에 숨은 것처럼.

나는 올레아에게 물었다.

"마르테가 나오면 과연 아빠를 찾을 수 있을까?"

올레아가 대답했다.

"아니요."

"크리스토페르."

마르테가 마치 신호라도 받은 듯이 안에서 외쳐 부르더니, 나무덱으로 나와 다시 불렀다.

"크리스토페르?"

"아무 말 하지 마."

내가 크리스토페르에게 속삭이자, 그는 소시지 모양의 해먹 속에서 킥킥댔다.

이쪽저쪽을 살피던 마르테가 배를 어루만지며 내게 물었다.

"크리스토페르 봤어?"

"아니, 어딨는지 모르겠는데."

나는 큰 소리로 대답했고, 크리스토페르는 누에고치 속에서 웃음이 터져 몸이 들썩거렸다. 올레아도 그네에 앉아 깔깔거렸다.

마르테는 두 팔을 양쪽으로 떨어뜨리고 따졌다.

"아이참, 게임할 기분 아니라고."

내가 짐짓 모르는 척 말했다.

"몰라. 난 못 봤어. 올레아, 넌 봤니?"

마르테가 갑자기 화를 냈다.

"그만해, 어서. 이제 재미없다고. 그 사람 어딨는지 말해."

나는 아무 말도 하지 않았다. 올레아도 그네에서 땅으로 털썩 내려왔다. 마르테는 정말로 근심스러워 보였다. 그때 크리스토페르가 해먹 밖으로 빠져나와 풀밭 위를 굴렀다.

내가 마르테에게 말을 건넸다.

"우와, 거기 있는데 우리가 못 봤다니. 지금껏 계속 거기 있었어?"

마르테는 웃지 않았다.

"화내지 마, 마르테. 우린 그냥 장난친 거야."

"알아. 나도 안다고."

마르테가 억지로 웃음 지으려 애쓰는 게 눈에 보였다.

해수욕하기 좋은 해변으로 가는 오솔길은 이곳을 아무리 오랫동안 떠나 있다가 와도 내 몸에 새겨져 있었다. 조심해야 하는 가시덤불도, 엉덩이를 대고 미끄럼 타듯 내려가야 하는 매끄러운 바위도, 햇살을 가려주는 소나무 아래 쌓인 뾰족한 솔잎 뭉치도, 발밑에 뱀이 나올지 몰라 발을 쿵쿵 구르며 걸어야 하는 지점도. 그곳에선 따스하고 건조한, 얼핏 시큼한 숲의 향기가 났다. 마르테의 등에 햇살이 점점이 어룽댔다.

바위 턱에서 펄쩍 뛸 준비를 하던 아이였을 때의 내 발이 떠올랐다. 늘 여기서 굴러떨어질까 봐 무서워했던 기억이 났다. 샌들에 들어간 엉겅퀴와 반바지 아래로 드러난 엉덩이에 닿던 매끈한 바위의 감촉도 되살아나는 듯했다. 조금 더 가면 나오는 커다란 향나무 덤불께를 지날 때는 열두 살 때의 기억이 떠올랐다. 나는 입 안을 아프게 하는 보철을 하고, 어깨끈이 달린 원피스를 입고 있었다.

엄마는 노출이 심하다며 등에서 끈이 엑스 자로 엇갈리는 그 원피스를 입고 나가는 걸 싫어했다. 엄마는 전엔 그런 걸 신경 쓴 적이 없었다. 나는 그 길을 지날 때 베가르와 우연히 마주쳤다. 그는 나보다 나이가 많고, 우리 별장과 같은 길에 있는 별장에 머물고 있었다. 그는 아버지와 수영을 다녀오는 듯했는데, 그날은 나를 향해 웃음 짓는 게 좀 달랐다. 아니, 적어도 내 생각엔 달라진 것 같았다. 베가르가 안녕, 하고 인사를 건넸는데, 마치 내 원피스를 향해 인사한 것처럼 느껴져 나는 해변과 이어지는 오솔길을 서둘러 내달리며 안녕, 하고 대꾸했다. 베가르가 노출이 심한 원피스를 입은 나를 성숙한 어른으로 느꼈을지도 모른다는 생각 때문이었다. 그때 마르테가 나를 따라오면서 깔깔대며 말했다. 언니, 이상해. 뭐 하는 거야. 나는 그런 마르테에게 화가 났다. 통통하고 키도 작고, 늘 이런저런 일로 울어대는 게 누군데.

우리는 평소 수영하는 곳에서 옷을 벗었다. 마르테의 흰 배는 약간 팽창한 것처럼 보였다. 옷을 입고 있을 때는 조금 살이 붙은 것처럼 보였지만 벗고 나니 그냥 체중이 불어난 게 아님이 명백해졌다. 나는 물가에 있는 바위 근

처에서 헤엄치기 시작했다. 차가움이 내 몸을 감쌌다. 숨을 쉴 때마다 소금물을 들이켜고 내뱉었다. 마르테는 해초가 일렁이는 바닷물이 무릎까지 오는 곳에서 두 팔로 몸을 끌어안은 채 가만히 있었다.

내가 말했다.

"바로 물로 뛰어들어야지."

마르테가 비꼬는 듯이 말했다.

"난 언니처럼 강인하지 못해."

여름마다 늘 똑같았다. 나는 금방 물에 들어가지만 마르테는 뜸을 들였다. 그럴 때마다 우리는 둘 중 어떤 접근법이 최선인지 농담처럼 말하곤 했다.

수건으로 몸을 감싼 채 물가의 매끄러운 바위에 나란히 앉았다. 햇살에 몸이 더워지며 핏기가 돌자, 마르테는 제 배를 어루만지며 내게 말했다.

"쉽지 않아, 이 모든 게."

"물론 그렇겠지."

하지만 나는 듣고 싶지 않았다. 마르테가 그만 입을 다물고 아무런 말도 하지 않았으면 싶었다. 괜히 왔어. 이젠 스웨덴 얘기를 할 수가 없잖아, 너무 한심해서.

마르테가 다시 입을 열었다.

"난 임신하면 좋기만 할 줄 알았거든."

마르테가 손으로 머리칼을 쥐어짜자 물이 팔뚝을 타고 흘러내렸다. 추위를 느끼는 듯 몸을 부르르 떨었다. 갈매기가 뭍에서 멀지 않은 곳에서 물속으로 곤두박질쳤다가 올라오며 우리를 바라보는 것 같았다. 화가 난 듯한 특유의 못생긴 눈으로.

"난 그냥…… 일이 또다시 잘못될까 봐 두려워. 항상 신경이 곤두서 있어."

마르테가 결국 그 말을 하고 말았다. 잠깐 희미한 웃음을 띠었는데 입술이 가늘게 떨렸다. 이쯤에서 이 애를 안아주어야 한다. 마르테는 포옹을 기다리고 있을 것이다. 보듬어주기를, 다독여주기를, 다 잘될 거라고 말해주기를, 언제나 내가 그랬듯이. 하지만 이젠 그러고 싶지 않았다.

마르테가 말했다.

"그리고 우린 요즘에 섹스도 거의 안 해. 처음엔 내가 엄두를 못 내서 그랬는데 지금은 그 사람이 원하지 않아."

"그렇구나……."

나는 대꾸할 적당한 말을 찾지 못했다. 마르테는 내 곁에 앉아 나를 바라봤다. 나는 두 팔로 무릎을 감싸 안은 채 아무 말도 하지 않았다. 마르테는 발톱 주위의 거스러미를 잡아 뜯더니 손끝으로 튕겨버렸다.

내가 웩 소리를 내며 말했다.

"그런 짓을 계속하니 너한테 관심을 잃을 만도 하네."

웃으라고 한 말이었지만 마르테는 웃지 않았다.

"게다가 올레아도 요즘 너무 힘들게 해."

그 말에 나는 인내심이 한계에 다다랐음을 느꼈다. 마르테는 공감받고 싶다는 마음을 숨기지 못했다. 나는 왜 이 아이가 원하는 걸 해주지 못하는가.

내가 말했다.

"올레아에겐 쉬운 일이 아니잖아."

"그렇지. 하지만 가족 구성원이 하나 더 생긴다는 데 익숙해져야지. 우리가 출발하기 전에 걔가 뭐랬는지 알아?"

마르테의 물음에 나는 바위에서 일어서며 대답했다.

"아니, 우리 이제 돌아갈까?"

"마르테는 왜 이렇게 게을러? 느닷없이 이러는 거야. 아무 맥락도 없이 말이야."

나는 마르테를 따라 오솔길을 거슬러 올라갔다. 발이 얼음장처럼 차가웠다. 젖은 비키니 위에 입은 반바지는 축축했고, 비키니 상의는 티셔츠에 커다랗게 젖은 자국을 남겼다. 마르테의 민소매 티셔츠도 똑같이 물 자국으로 얼룩져 있었다. 곁에 크리스토페르가 있고, 곧 자기 아이도 생길 텐데 마르테는 불평을 늘어놓았다. 마르테는 원래 그런 애다. 언제나 사람들이 자신을 위해 존재해주기를 바랐다. 그냥 자기 모습 그대로 내키는 대로 살아도 되고, 특별히 잘하지는 않지만 지금 하고 있는 사무직에 만족하며 적당히 살아도 되는. 바보 같은 말을 하고 웃지 말아야 할 때 생각 없이 웃고, 우울할 땐 감자 칩이나 초콜릿으로 배를 채우고, 도저히 할 마음이 안 난다며 운동은 전혀 하지 않고, 언제나 너그럽게 자신을 이해해줄 누군가를 필요로 했다.

집에 도착하기 직전, 길이 가팔라지는 곳에서 마르테가 걸음을 멈추더니 눈을 감았다.

"잠깐만."

"괜찮니? 배 때문에 그래?"

내가 묻자, 마르테가 고개를 끄덕였다.

나는 말없이 가만히 서서 기다렸다. 어떠냐고 묻고 싶지 않았다. 나는 있는 힘껏 주먹을 꽉 쥐었다. 엄마와 통화할 때, 임신하려고 그토록 애를 쓰는 마르테가 불쌍하다는 엄마의 말을 들을 때마다 저절로 주먹에 힘이 들어갔다. 언제나 마르테, 마르테, 마르테. 마치 가슴에, 머리에 일격을 맞는 기분이었다. 너무 거센 일격이라 주먹을 부르쥐어야 했다. 나는 어, 그렇지, 같은 말로 얼버무리듯 대화를 이어나가며 베개나 부드러운 뭔가를 벽을 향해 던지곤 했다. 하지만 그것만으로는 충분하지 않아서 전화를 끊은 다음에는 뭔가를 좀 더 세게 내던졌다. 신발이나 핸드폰처럼 벽에 부딪쳤을 때 퍽 소리가 날 만한 것들을.

마르테는 크론병이 있어서 언제나 배가 아팠다. 십 년 전에 장 일부를 절제했지만 장루*가 필요할 정도는 아니었다. 수술은 내 서른 살 생일에 잡혔다. 나는 두 명의 친구와 생일을 합동으로 축하할 계획으로 비스트로에 자리

---

* 장 내용물 제거를 목적으로 복부 밖으로 장관을 꺼내 만든 인공적인 통로.

를 예약해두었다. 하지만 엄마는 마르테의 수술 날짜를 전하며 내가 약속을 취소하길 바랐다. 파티야 나중에 해도 되는 것이고, 수술 중에 무슨 일이라도 생겼을 때 내가 취한 상태거나 연락이 닿지 않으면 어쩌냐고 엄마가 물었다. 그렇다면 넌 자신을 용서할 수 있겠니? 정곡을 찌르는 말이었지만 나는 취소하고 싶지 않았다. 마르테를 위해서 파티 날짜를 옮기고 싶지 않았고, 디자인 잡지 따위를 뒤적이고 자판기 코코아를 마시면서 엄마를 위로하며 몇 시간이고 병원 대기실에 앉아서 보내고 싶지 않았다. 나는 원래 계획대로 새 드레스도 사고, 샴페인도 마시며 다른 사람들과 생일을 보냈다. 하지만 나 스스로를 용서할 수 있겠느냐는 엄마의 말을 떨쳐버릴 수가 없었다. 샴페인을 너무 많이 마셔 밤 열시가 되기도 전에 술에 취했는데도 핸드폰을 계속 확인했다. 수술은 벌써 한참 전에 끝났을 텐데 어떻게 되었는지 내게 알려주는 문자는 오지 않았다. 엄마가 나를 벌주고 있다는 것을 알았지만 자꾸만 손에서 땀이 났다. 엄마에게 전화를 걸어봤지만 받지 않았다. 나는 뭔가가 잘못됐고, 그래서 내게 전화할 여유조차 없으며, 다들 어딘지는 몰라도 신호가 잡히지 않는 곳에 있다는 확신이 들었다. 밖으로 나가 담배를 피우고 있는 친구들과 멀지 않은 곳에서 통화를 시도하고 있으려니 발밑의 땅이 꺼지는 듯했다. 계속 전화를 받지 않는 엄마 때문에 흐느끼다가 결국 전화를 끊었다. 수술대에 누워 산소호흡기를 한 마르테와 삑삑 울리는 기계음과 마르테를 둘러싼 절박한 의사들의 모습이 머릿속에 그려졌다. 언제나 계획대로 진행되던 수술이 이번엔 잘못되었고, 엄마는 내가 그곳에 가지 않는 것을 선택했다는 이유로 나에게 전화를 걸지 않는 것이다. 내가 놀러 나가서 술 마시는 걸 택했으므로, 어리석은 짓을 택했으므로. 나는 택시를 잡아타고 여름밤 파티가 열리는 곳을 떠났지만 병원으로 가지 않고―이렇게 취한 상태로는 갈 수 없으니까―집으로 돌아가 토한 뒤 마음이 시커멓게 타들어가는 상태로 이불 속에 몸을 웅크렸다. 다음 날 깨어보니 엄마에게서는 수술이 잘되었다는 메시지가, 친구에게서는 외투를 두고 왜 그리 일찍 가버렸느냐는 메시지가 와 있었다.

　결국 나는 묻고 말았다.

　"괜찮아?"

마르테는 숨을 깊이 들이마신 뒤 눈을 감았다. 그런 마르테의 모습이 너무 한심해 보여서 나는 입을 앙다물었다. 끼룩끼룩, 어디선가 갈매기 울음소리가 들렸다.

2

크리스토페르는 냉장고에서 생고기를 꺼내고, 양념에
쓸 허브를 다졌다. 그는 지난해부터 수제 소시지처럼 몇
시간이나 걸리는 복잡한 오븐 요리를 즐겨 했고, 냉장고
밖까지 냄새가 진동하는 발효종을 쓰기도 했다. 거대한
주방 가전제품과 육류 분쇄기, 수비드 기계 등이 조리대
를 점령해버렸다. 마르테는 이런 고급 장비들로 뭘 해야
하는지 도통 모르겠다고 했다. 한번은 수제 맥주를 직접
양조하기도 했는데 아무도 그 맥주를 좋아하지 않았다.

크리스토페르가 말했다.

"누가 좀 도와줘야겠는데."

마르테는 소파에 앉아 다리를 쭉 뻗으며 말했다.

"언니가 도와줄 거야. 난 쉬어야겠어."

왠지 두 사람의 대화가 어색하게 들렸다. 마치 미리 연습이라도 한 것처럼.

크리스토페르가 나를 바라보며 물었다.

"괜찮겠어?"

"그럼."

특별히 쉬어야 할 이유가 없었고, 아무도 나를 안쓰러워하지도 않았다. 그리고 나는 크리스토페르와 둘이서 시간을 보내며 대화를 나누거나 뭔가를 함께하는 걸 좋아했다. 나는 칼을 집어 들고 감자를 웨지 모양으로 썰었다. 그는 내가 일을 빨리한다고 감탄했다. 별장의 주방은 작았다. 원래는 모든 것이 어디에 있는지 알고 있었지만, 크리스토페르와 마르테가 물건들을 여기저기 옮겨놓아서 알 수 없어졌다. 각종 양념들이 수납장이 아니라 화구 위 선반에 놓여 있었다. 벽도 새로 칠해서 전에는 연두색이었던 벽이 지금은 모던한 짙은 청색이었다. 두 사람은 내게 상의 한 번 없이 온갖 것을 다 바꿨다. 그대로인 것은 낡은 창문뿐이었다. 오래된 유리창은 바깥 풍경을 왜 곡시켰고, 창틀에는 겨울에 죽은 파리들이 널려 있었다.

내가 감자 조각을 로스팅팬에 넣는데 크리스토페르가
물었다.

"저번에 만났던 그 남자하곤 어떻게 됐어?"

"누구더라? 아, 그 남자. 그냥 '틴더'*에서 만난 사람이
었는데, 뭐. 아무 일도 없었어."

"이 동네에 섹시남들이 있는지 여기 있는 동안 잘 살펴
봐."

나는 씩 웃고 말았다. 이런 대화는 감당하기 어려웠다.
희망을 가지고 '섹시남'들을 만날 준비를 해야 한다는 생
각만으로도 팔에 힘이 빠졌다. 앱 화면에서 사십이 세 페
테르, 삼십육 세 토머스, 사십오 세 스티븐을 좌우로 슥
슥 넘기고, 아는 사람을 마주칠 위험이 없는 펍에서 맥주
를 한잔하며, 그들 중 내가 원하는 스타일의 남자가 있는
지 찾을 때의 이상한 부끄러움이란. 분명 사진에서는 달
라 보였는데, 라고 생각하며 평소보다 더 빠른 속도로 술
을 마시면서 나누는 탐색전이란. 그럴 때 나는 대화가 끊

---

* 데이트 앱 이름.

47

길까 봐 전전긍긍하며 평소보다 더 많이 생글거렸고, 혹
시 상대가 지루해할까 봐 말도 많이 하고 제스처도 더 과
하게 하는 한편, 마음속으로는 스스로를 다독였다. 진정
해, 그러지 마. 나는 관심도 없으면서 이런 질문들을 했다.
〈왕자의 게임〉 보셨나요? 어떤 시즌을 보셨나요? 직장
일은 바쁜가요? 부서에는 몇 명이나 있나요? 왜 이런 한
심한 질문밖에 못 하지. 평소엔 이렇게 멍청하지 않은데.
내가 한 번도 제대로 된 남자친구를 만난 적이 없다는 사
실이 상대의 눈에도 뻔히 보일 것이다. 나는 항상 조마조
마한 마음으로 대화를 나눴다. 눈을 너무 크게 뜨고 있고,
너무 활짝 웃고 있다는 걸 의식하면서. 함께 있는 시간 내
내 지루해죽을 뻔했으면서도 나는 그가 다시 만나고 싶
다고 말하길 바랐다. 하지만 남자들은 만나서 반가웠어
요, 잘 자요, 다음에 통화해요, 라고 말할 뿐이었다. 어쩌
다 내가 팔을 반쯤 들어 올리고 허그를 시도하려고 하면
뒤로 물러나곤 했다. 그러면 나는 두 팔을 아래로 툭 떨어
뜨리고 이렇게 말했다. 그럼, 다음에 봐요. 그러고는 허그
대신 어색하게 손을 흔들고 말았다. 갈 곳 잃은 두 팔을
옆구리에 얌전히 붙이고 버스 정류장으로 걸어가 만원

버스에 올라타 내 아파트로 돌아왔다.

크리스토페르는 버터를 녹인 팬에 밀가루를 넣고 있었다. 그는 땀으로 번들대는 이마를 닦으며 말했다.

"여기 있는 동안 최대한 잘해봐. 금세 남편과 아이들이 생길 테고, 그럼 혼자였던 시절을 그리워하게 될걸."

그에게 물었다.

"**본인 얘기야? 혼자였던 때가 그립다고?**"

크리스토페르가 후후 웃으며 대답했다.

"어쩌면 가끔."

"마르테에게 말해야지."

크리스토페르가 더 크게 웃으며 말했다.

"그러지 마, 제발. 그러면 마르테가 속상해할 거야. 그런데 그 온라인 데이트란 거."

그가 고개를 절레절레 흔들며 또 말했다.

"난 귀찮아서 못 할 것 같아. 웬 이상한 짓이래."

나는 가만히 입을 다물었다. 남의 일이라고 쉽게 말하네. 자기가 나였어봐. 어쩔 건데?

그가 팬에서 시선을 떼고 내 쪽을 쳐다봤다. 그리고 내 어깨를 토닥이며 덧붙였다.

"내가 남의 일이라고 쉽게 말하는 거겠지."

나는 얼른 웃음으로 마무리했다.

"괜찮아지겠지."

나는 회향과 당근을 다졌다. 착한 크리스토페르. 나는
속으로 생각했다. 그는 좋은 사람이다. 채소를 웨지 감자
와 함께 오븐 안에 넣는데 쿵 소리가 들리더니 화장실에
서 올레아의 울음소리가 들렸다. 아이는 엉엉 울며 주방
으로 쪼르르 달려와 크리스토페르의 품에 안겼다. 바로
뒤에 마르테가 얼굴을 붉히고 서 있었다.

올레아가 외쳤다.

"문으로 내 머리를 밀었어!"

마르테가 말했다.

"볼일 보고 있는데 애가 막무가내로 들어오잖아. 그냥
문을 닫으려 했던 것뿐이야, 올레아. 알잖아."

크리스토페르가 화가 나서 큰 소리로 말했다.

"좀 조심하지! 이게 무슨 난리야."

그는 올레아를 마치 아기인 양 한 팔로 안아 올렸다. 올
레아는 얼굴을 숨기듯 그의 어깨에 코를 묻고, 그가 자신
의 뒤통수를 쓰다듬는 동안 큰 소리로, 과하게 흐느꼈다.

마르테는 나를 향해 눈을 찡그리며 난감하다는 표정을 지었지만 나는 어떤 호응도 해주지 않았다. 뭐라도 할 일이 필요해서 수도꼭지에 대고 칼을 헹구는데 맥박이 빨라지는 느낌이 들었다.

올레아가 한 손으로 마르테를 가리키며 말했다.

"멍청이."

마르테는 입을 열려다가 다시 다물고는 별로 표시도 나지 않는 배를 문질렀다.

크리스토페르가 올레아를 다독였다.

"올레아, 그런 말 하는 거 아니야."

마르테가 말했다.

"일부러 그런 게 아니야, 올레아."

"미안하다고 해야지."

크리스토페르가 마르테에게 하는 건지 올레아에게 하는 건지 알 수 없는 알쏭달쏭한 말을 했다. 올레아가 도리질을 쳤다.

크로스토페르가 제안했다.

"마르테도 같이 하면?"

마르테는 그를 말끄러미 바라보다가 말했다.

"하지만 고의가 아니었어."

크리스토페르는 올레아가 들으라는 듯 말했다.

"알지, 그래도."

나는 칼을 내려놓고 올레아에게 다가가 아이의 등을 어루만졌다. 그리고 올레아에게 물었다.

"올레아, 정원에 나갈까? 너랑 나랑 밖에서 할 일을 찾아보자."

고개를 끄덕인 뒤 크리스토페르의 품에서 빠져나와 내 손을 잡은 올레아의 얼굴에 기쁜 표정이 스친 것도 잠시, 아이는 뾰로통하고 쌀쌀맞은 얼굴로 마르테를 보지 않으려 했다. 크리스토페르는 내게 고마운 표정을 지었다. 문을 닫는데, 잠시 짧은 침묵 뒤에 높아진 언성이 들려왔다.

올레아와 나는 장난감 집으로 향했다. 어릴 때 마르테와 내가 서로 차지하겠다고 싸우던 집이었다. 우리는 그곳에서 빠져나와 서로를 쫓아다니다가 엄마에게 가서 상대방이 부당한 일을 했다고 울면서 이르곤 했다. 그 집도 흰색으로 칠해졌다. 전에는 빨간색이었던 집 안에는 작은 의자 두 개와 낡은 스펀지 매트리스가 가운데 놓여 있고, 반짝이 의상이 든 박스 하나와 책 몇 권, 보드게임 따위가 널브러져 있었다. 벽에는 그림들이 압정으로 고정돼 있었다. 나는 마음에 드는 것들을 상자에 넣어 이곳에 보관해두었다. 바다 냄새가 나는 소라 껍질과 햇볕에 말린 해초, 뺨에 대면 매끈한 감촉이 느껴지던 동글동글한 예쁜 돌멩이들. 마르테와 나는 서로 번갈아가며 돌멩이를 상대방의 뺨에 대고 문질렀다. 그리고 내가 잡지에서 오려낸 다이애나 왕세자비의 사진과 예쁜 냅킨도 들어 있었다. 지금껏 문양을 기억하는 냅킨도 있었다. 보라와 분홍색으로 된 반들거리고 부드러운 냅킨이었다. 마르테가 몇 년 전에 그 상자를 찾았을 때 버려도 된다고 내가 문자로 허락한 적이 있었다.

올레아에게 말했다.

"여기서 자도 돼. 난 한 번 그런 적이 있었어."

"진짜? 왜요?"

"나도 어릴 때 화가 나면 여기 오곤 했거든."

올레아는 매트리스에 엉덩이를 걸치고 앉아 낡은 '마이 리틀 포니' 장난감의 무지갯빛 갈기를 빗질하기 시작했다. 그 곁에는 포니가 몇 개 더 있었다. 처음 저 장난감

53

을 받았을 때, 그러니까 포니가 매끄럽고 빛이 나는 무지개색 갈기를 가진 새 장난감이었을 때 어떤 냄새가 났는지 기억났다. 그 나일론 갈기는 지금은 숱이 없어지고 플라스틱 몸통은 벗겨지고 변색되었다. 저 포니들은 곧 버려지게 될 것이다. 재질도 유독성 플라스틱일 테지. 한 마리는 다리 하나가 없었는데 생쥐가 갉아 먹었을지도 모른다는 생각이 자꾸만 들었다.

나는 아이에게 말했다.

"이 별장은 마르테와 내 거잖아."

올레아는 빗질을 계속하며 말했다.

"그래요?"

지금까지 어떻게 생각하고 있었던 거지? 그럼 나는 손님이라고 생각했나? 나는 매트리스에 앉아서 아이를 바라봤다. 분홍 스웨터가 잘 어울리는 금발 머리. 아이는 눈썹이 짙고 골랐다. 우리와 전혀 닮지 않았고, 크리스토페르와도 닮지 않았다. 그는 아이가 엄마를 닮았다고 했다.

"크면 예쁘겠구나."

올레아가 아주 잠깐 나를 쳐다보더니 다시 포니를 내려다봤다.

내가 물었다.

"몇 살이랬지?"

"여섯 살."

내가 또 물었다.

"학교 가는 거 기대되니?"

"네."

아이는 잠시 뜸을 들였다가 나에게 물었다.

"이모는 몇 살이에요?"

"마흔."

"와, 엄청 많다."

내가 물었다.

"동생이 생기니까 신나니?"

아이는 나를 가만히 보더니 말없이 계속 빗질을 했다.

내가 말했다.

"안 좋아도 괜찮아."

올레아가 내게 포니 두 마리를 건네더니 말들에 대해 말하기 시작했다. 다들 이름이 있고, 한 마리는 날기를 좋아한다고. 나는 이 모든 게 지루하게 느껴져 뒤적일 잡지나 맥주라도 있으면 좋겠다고 생각했다. 한참 후에 크리

스토페르가 장난감 집의 문을 두드리고는 잘 시간이라고
말했다.

그가 물었다.

"올레아가 저녁 먹을 동안 책 읽어줄 수 있을까?"

"그럼. 우리 뭐 읽을까, 올레아?"

그가 이번에는 올레아를 향해 물었다.

"이다 이모와 좋은 친구가 됐네?"

올레아는 말이 없었다. 아이는 다른 생각에 빠져 있었
지만 왠지 나는 뿌듯해졌다. 나는 아이들을 이해할 수 있
다. 어떻게 대해야 하는지 알고 있다.

올레아는 잠옷 차림으로 내 무릎에 앉아 오래된 노란
꽃문양 접시에 담은 샌드위치를 먹었고, 나는 카르스텐
과 페트라의 목소리를 각기 달리하여 책을 읽어줬다. 잡
지를 들고 해먹에 누워 있던 마르테가 느닷없이 낄낄대
는 소리가 들렸다.

내가 물었다.

"왜 그래?"

마르테가 말했다.

"전혀 자연스럽지가 않잖아."

내가 물었다.

"무슨 말이야?"

마르테가 놀리듯 내 말투를 흉내 내며 문제를 지적했다.

"너무 오버하잖아. '아기 사자랑 토끼 아저씨도 와도 돼!'"

나는 얼굴이 화끈 달아올라 책 읽기를 잠시 멈췄다.

"나 때문에 그만 읽을 필요는 없는데."

그렇게 말하고서 마르테는 게으르게 누워 있는 자세로 둥근 원을 그리듯 배를 문질렀다. 나는 동생을 향해 못된 말을 하고 싶었지만 그냥 씩 웃고 말았다. 마르테가 나를 자극하게 두지 않겠다. 나는 지극히 평범한 목소리로, 마르테가 방 안으로 다시 들어갈 때까지 그 톤을 유지하려 애쓰며 책을 읽었다. 올레아는 몇 쪽을 읽고 나면 어차피 집중하지 않을 테니까. 몸이 나른해지며 내게 기대고 있던 몸이 무거워지기 시작하고, 아이가 점점 더 축 늘어지는 동안 기분 좋은, 따스하고 평온한 무엇이 내게 스며들었다. 누군가 내게 이토록 밀착되어 있는 것이 익숙하지 않았다. 아이의 작은 몸이 내 몸에 기대어 있고, 아이의 머리와 배는 따스하고 너무 부드러웠다. 아이의 몸을 두 팔로 꼭 끌어안고 싶어졌다.

올레아가 말했다.

"아아."

"미안."

내가 사과했지만 아이는 내 무릎을 떠나지 않았다. 해가 기울고, 우리가 앉은 곳에 그늘이 지는 동안, 나는 책을 내려놓고 무릎에 앉은 아이를 좌우로 천천히 흔들며 노래를 불렀다. 피오르* 너머로 해가 아직 걸려 있었다. 엄마는 언제나 피오르 반대편에 별장이 있으면 좋겠다고 했다.

이런 것인가. 내 안에서 무언가 움직이는 걸 느끼는 순간이 이런 것인가. 이거야, 하고 알게 되는 때가 이런 것인가. **이것은** 내가 놓쳐서는 안 되는 것이며, 더 미뤄서는 안 될 굉장한 기적이며, 어딘가에 난자를 냉동해놓는 것만으로는 충분하지 않고, 올레아를 내려놓고 방으로 들어가 덴마크의 난임 클리닉 '스토크'에 전화를 걸어 예약을 잡고, 어느 덴마크 남자가 마스터베이션한 산물을 가지고 당장 수정을 해야 할 만큼, 나중에 사람들에게 그래

---

* 빙하 침식으로 만들어진 골짜기에 바닷물이 들어와 생긴 좁고 긴 만.

야 한다는 걸 그냥 알았어, 라고 말할 만큼 절대적인 확신을 가지고 실행에 옮겨야 할 때가 바로 **지금**인가?

작년에 같은 직장에 다니는 사람 중 하나가 인공수정을 한 적이 있었다. 회계 부서의 사람인데, 누구든 그녀를 싱글맘이라고 생각하는 건 어렵지 않았다. 그녀는 어느 날 유모차를 끌고 회사에 와서 아기를 자랑하며 어깨에 아기를 능숙하게 안아 올리고 트림을 시켰는데 다른 사람의 도움이 필요해 보이지 않았다. 나는 혼자 임신한 몸으로, 임신했다는 것이 자랑스러우면서도 외로움을 느끼며, 그 상태로 직장과 집 주변을 돌아다니는 걸 상상할 수 없었다. 엄마나 마르테나 친구 하나만 곁에 두고 출산하고, 남자라는 존재쯤이야 전혀 아쉬워하지 않으면서 아이의 엄마라는 것만으로, 늘 아이와 함께하는 삶만으로, 가장 위대한 그것만으로 만족하는 것을 말이다.

작년에야 늦었다는 생각이 실제로 들기 시작했다. 마흔이 되기 직전에 나는 마음속으로부터 나를 뒤흔드는 불안감으로 잠에서 깨곤 했다. 그것은 이렇게 속삭였다. 이제 얼마 남지 않았어, 곧 너무 늦어버리게 될 거야. 내 주변 사람들은 아이가 두셋은 되었고, 모유 수유를 하며 밤을 지새우느라 지쳐 있었다. 아이 하나를 더 갖지 못해 시험관 시술을 하며 말로 형용하기 어려운 좌절을 여러 차례 맛본 뒤 결국 성공한 이들도 있었는데, 새로 태어난 아기가 끝도 없이 울어서 아이 하나보다 둘인 게 얼마나 더 힘든지에 대해—그 말이 얼마나 당연하게 들리는지 모르고—토로하기도 했다. 그들은 매일 아이를 보육시설에 데려다주느라 아침 일상이 너무도 길었고, 휴일에는 뭘 할까 고민할 여유조차 없었다. 조부모와 이모, 삼촌들을 방문해야 했고, 가족끼리 캠핑을 가거나 어느 별장으로 휴가를 가서 오붓한 시간을 보낼 필요도 있었다. 그들은 말했다. **우리 가족만의** 시간을 보내는 걸 가장 좋아한 다고. 도시를 벗어난 곳으로는 절대 이사하지 않겠다던 그들은 더 큰 아파트나 정원이 딸린 테라스 주택으로 옮겼다. 생각해봐, 아이들이 밖에서 뛰어놀 수 있잖아. 그들은 차고는 물론 차를 두 대나 마련했으며 예전엔 코웃음을 치던 물건들—너무 커서 살짝 창피하지만 식구가 많거나 친지가 방문할 때 유용한 바비큐 그릴—을 샀다. 삶은 곧 이유식과 트림과 쉬야 얼룩과 응가와 콧물 범벅이었으며, 수면 부족 아니면 결핍이었고, 끝없는 수두와 장

염과 온 식구의 감기 같은 병치레의 연속이었다. 그리고 그들은 서넛 또는 다섯이서 매일 아침을 같이 먹고, 밤이면 서로의 곁에서 잠들었으며, 매일 밤 부모의 침대에서 자고 싶어 하는 아이 때문에 잠에서 깼다. 그들만의 아이 때문에.

내 삶은 오 년 전, 아니 심지어 십 년 전과 똑같았다. 아파트가 좀 더 커졌고, 주택담보대출 금액이 좀 더 많아졌으며, 직장에서 다루는 프로젝트도 좀 더 여러 개가 되었다. 피부는 더 칙칙해지고, 단골 미용사에게 석 달에 한 번 이천 크로네를 주고 없애달라고 맡기는 흰머리가 조금 더 생겼을 뿐. 나는 혼자서 자고 혼자서 깨며 직장에 갈 때도 혼자이고 집에 돌아와서도 혼자다. 그 점에 대해 징징거리고 싶지는 않다. 이런저런 일들에 짜증만 내는 사람이 되고 싶지는 않으니까. 하지만 혼자라는 것은 커지기만 하는 동그라미와 같아서 남자친구가 생기지 않는다면, 은행에 보관 중인 난자를 같이 쓸 수 있는 사람이 나타나지 않는다면, 지금부터 오 년, 십 년, 이십 년, 삼십 년이 계속 똑같을 것이다.

그런데 나는 지금 올레아를 내 무릎에 앉힌 채 의자에

앉아 있고, 내 안에선 어떤 감정도 나를 뒤흔들지 않았다. 바람이 거세지고 나무들이 스산한 소리를 냈다. 나는 분홍 민소매 셔츠를 입은 올레아의 가녀린 등을 내려다보다가 아이의 머리카락에 내려앉은 벌레를 떼어냈다.

올레아가 말했다.

"내일 다른 책 읽어줘도 돼요."

"고마워."

나는 그렇게 대답하곤 해먹에 누워 있는 마르테를 건너다본 다음 올레아에게 속삭였다.

"마르테가 네 머리를 쩧은 건 칠칠치 못했어, 그렇지?"

올레아는 웃음을 참으며 몸을 돌려서 내게 속삭였다.

"그런 말 하면 안 된댔어요."

나도 속삭였다.

"내가 허락하면 되지."

우리는 해먹에 있는 마르테를 훔쳐봤다. 마르테는 선글라스를 끼고 있어서 뭘 보고 있는지 알 수 없었지만 한 손은 배에 대고 있었다. 아직 별로 나오지도 않은 배를 왜 저렇게 만지는지. 의식적으로 임신한 사람의 몸짓을 취하는 걸까? 유튜브라도 보고 저런 제스처를 연구한 걸까? 몸을 앞뒤로 뒤뚱거리고, 배 위에 손을 올려두는 행동을?

내가 말했다.

"우린 그냥 장난인데, 뭐."

"맞아요."

올레아가 속삭이며 웃음소리가 터져 나오지 않게 한 손으로 입을 막았다.

나는 고개를 아래로 숙여 턱을 두 개로 만들고, 두 볼에 바람을 머금었다.

"배 속에 아기가 있으면 이렇게 된대."

올레아는 이런 행동과 말을 해도 된다는 것에 신이 나면서도 너무 놀라서 두 눈이 휘둥그레졌다. 게다가 마르테는 불과 몇 발짝 거리에 있지 않은가.

아이가 속삭였다.

"마르테는 이렇게 말해요. '아이, 너어어무 피곤해.'"

나는 후후 웃으며, 올레아에게 윙크를 보냈다.

"그런 말은 하는 거 아니지."

우리가 자기 쪽을 보는 걸 눈치챈 듯이 마르테가 선글라스를 벗으며 물었다.

"둘이서 뭘 그리 속삭여?"

내가 말했다.

"그냥 얘기하고 있었어."

마르테가 조심해서 땅을 내디디며 해먹에서 나왔다. 근사한 샌들을 신고 있었는데 내 발에도 맞는지 신어보고 싶은 충동을 느꼈다.

"자야지, 올레아."

올레아가 칭얼댔다.

"안 자고 싶어."

마르테가 말했다.

"어서, 장난치지 말고. 약속했잖아, 잠깐 책 읽은 다음에는 자러 간다고."

올레아가 내 손을 잡고 시계추처럼 앞뒤로 흔들며 말했다.

"이다 이모가 재워주면 좋겠어."

마르테가 양손을 허리에 짚으며 올레아와 나를 번갈아 봤다.

"흐음, 언니가 재우고 싶어?"

"그럼. 올레아, 우리 둘이, 좋지?"

올레아가 신이 나서 외쳤다.

"와!"

마르테가 말했다.

"그럼 둘이 해."

올레아는 내 방 옆에 있는 작은 방에서 잤다. 우리가 어릴 때 마르테가 자던 방이었다. 아이는 잠자리에 들기 전에 제 책과 인형과 옷들을 내게 모조리 보여주기 위해 의자를 오르락내리락했고, 서랍에서 물건들을 꺼냈다. 크리스토페르가 방문 안으로 머리를 내밀고 이제 장난은 그만하라고 말했다.

나는 아이 옆에 누웠다. 올레아는 담요 속에, 나는 그 위에 누웠다. 아이가 자는 데 도움이 되도록 방에는 짙은 색의 두꺼운 커튼이 쳐져 있었다. 우리는 캄캄한 곳에서 서로 눈을 마주 보다가 마치 나도 아이인 것처럼 키득대기 시작했다.

"이다 이모, 비밀 하나 말해도 돼요?"

"물론이지."

"아무한테도 말하면 안 돼요."

나는 아이에게 팔베개를 해주며 말했다.

"나한텐 뭐든 말해도 돼."

이다 이모가 우리 엄마였으면 좋겠어요. 마르테 말고, 이다 이모가.

내 기대와 달리 올레아는 다른 말을 꺼냈다.

"내가…… 할머니 주려고 손가락 뜨개질로 선물을 만들었어요."

"그랬어?"

"손가락 뜨개질로 이렇게 길게 뜬 건 처음이에요."

올레아는 손가락 뜨개에 대해서 한참 떠들어대더니, 다음 날 수영하러 갈 때 내가 저와 함께 가야 한다고 말했다.

내가 대답했다.

"그럴게."

아이 말을 듣는 것도 이제 지루하고, 밖에 나가서 크리스토페르, 마르테와 합류하고 싶었다.

"하지만 지금은 자야 해."

나는 올레아에게 자장가를 불러주었다. 어려운 곡이었다. 높은 음과 낮은 음이 있어서 목소리가 갈라지고 꺾였다. 올레아는 내가 노래하는 동안 침대에서 몸을 뒤척였다. 나는 계속 자장가를 부르다가, 내가 곁에 누워 있으면 아이가 잠들 수 없다는 걸 깨닫고는 잘 자라고 말하고 일어섰다. 크리스토페르와 마르테가 시킨 그대로.

올레아는 나를 끌어안았다. 두 팔로 내 목을 꼭 감싸더니 다시 침대에 누웠다. 모든 걸 제대로 해낸 것 같았다.

크리스토페르가 부엌에서 바삐 움직이는 소리가 들렸다. 유리잔 부딪는 소리, 팬에 무언가 굽는 소리. 마르테는 정원에 나가 있는 게 틀림없었다. 나는 마르테와 크리스토페르의 침실로 들어갔다. 아무 소리도 내지 않고 침대 곁에 미동도 없이 서 있었다. 둘은 안방을 썼다. 엄마와 스테인이 오면 아이들 침실 중 제일 큰 방에서 지낼 것이다. 두 사람의 침실에선 마르테의 냄새가 났고, 크리스토페르의 냄새가 났다. 침대는 정돈되어 있지 않았고, 옷과 동화책과 선크림 등이 바닥에 널려 있었다. 나는 전에 본 적 없는 녹색 드레스를 집어 들었다. 땀 냄새가 났다. 침대에는 티셔츠가 뒤집힌 채 놓여 있었다. 아까 나를 마중 나올 때 크리스토페르가 입었던 옷이다. 나는 옷장 안을 들여다봤다. 마르테의 드레스와 스웨터 따위가 잔뜩 걸려 있었다. 본 적이 있는 것도, 없는 것도 있었다. 싸

구려 천으로 된 옷들이 많았다. 크리스토페르의 셔츠와 티셔츠들 그리고 후드티가 하나 있었다. 커다란 샌들도 바닥에 놓여 있었다. 나는 샌들에 발을 넣어봤다. 어른 신발을 신은 아이의 발 같았다. 나는 마르테가 눕는 쪽이 분명한 지점에 걸터앉았다. 협탁에 놓여 있는 안경을 써보았다. 내 생각보다 도수가 더 높았다. 협탁의 서랍도 열어봤다. 내가 뭘 찾는 건지 모르겠으나 오래전에 나온 주간지 몇 권이 있었다. 바닥에 놓인 가방 안도 살폈다.

나는 침대에 누워 주방과 정원의 움직임에 귀를 기울였다. 이불로 몸을 덮고 냄새를 맡아봤다. 내가 자는 방보다 더 좋은 침대 같았다. 침대보를 갈아야겠네. 세탁한 지 오래됐는지 체취가 묻어났다. 두 사람이 여기 내려온 뒤 섹스를 했을까? 그 냄새도 날까, 하고 생각해봤다. 아니면 너무 피곤해서 임신이 얼마나 힘든지 마르테가 불평하는 소리를 들으며 나란히 누워 있었을까. 어쩌면 둘은 서로를 뒤에서 껴안았을 수도 있고, 마르테의 아랫배를 어루만졌을 수도 있다. 나는 크리스토페르 쪽을 향해 돌아누웠다. 빈 베개를 바라보며 여기에 누운 것이 나라고 상상해봤다. 매일 밤, 우리는 이 방에 들어와 같이 눕는 것이다. 창문은 열려 있고, 크리스토페르가 뒤에서 나를 껴안는다. 올레아는 내 방에서 자면 되고, 우리 아기는 간이침대에서 자면 된다. 그리고 마르테, 마르테는 여기에 없다. 내가 말했다. 잘 자, 크리스토페르. 내가 대답했다. 잘 자, 이다.

여기서 잠들어도 좋겠지만 그래선 안 된다. 크리스토페르가 뭘 가지러 온다거나 마르테가 옷을 갈아입기 위해 들어온다면? 그만 일어나자. 나는 갑자기 추위를 느끼며 어서 내 침대로 돌아가고 싶어졌다.

3

"밖에 못 있겠어. 너무 추워."

나는 마르테가 한 말을 못 들은 척하고 접시 세 개를 수납장에서 꺼내 정원 탁자로 가지고 나갔다. 여기 올 때마다 늘 하는 얘기지만, 언제든 뭐든 마르테가 원하는 대로 된다. 특히 엄마와 함께 있을 때면. 마르테는 두통, 복통 아니면 다른 수많은 통증 중 하나로 아팠고, 그러면 엄마는 그런 마르테를 배려해야 한다고 말했으며, 우리는 당연히 배려할 수밖에 없었다.

"아니, 밖에 앉자. 크리스토페르와 나는 밖에 앉고 싶어."

나는 거만한 어조로 마르테의 뜻에 반대하는 것에 다소 들뜨기까지 했다.

마르테는 저녁 먹는 동안 테이블에서 세 번이나 일어났다. 외투를 가지러, 그다음엔 두꺼운 양말을 가지러 그리고 결국 담요를 가지러 갔다. 마르테는 담요로 몸을 감싼 채 정원 의자에 팔짱을 끼고 앉아 춥다는 표를 냈다.

내가 말했다.

"그렇게 춥지 않아, 마르테."

마르테가 대꾸했다.

"내가 얼마나 추운지 몰라서 그래."

고기가 너무 익어서 질겼다. 크리스토페르는 마르테와 내가 맛있다고 해도 만족스러워하지 않았다. 마르테는 어차피 자신은 임신해서 고기를 잘 익혀 먹어야 한다고 말했다. 크리스토페르는 식사하는 동안 와인잔을 세 번이나 채웠다.

마르테가 말했다.

"조금씩 마셔."

"조금씩 마시고 있어. 휴가 때는 이 정도 마셔도 괜찮아."

그는 마르테가 원하는 것보다 조금 더 마시고 있었지만 전만큼 마시지는 않았다. 두 사람이 같이 살게 되었을 때 크리스토페르는 애프터파티에서 필름이 끊겨서 마르테에게 연락을 하지 않았고, 몇 번은 새벽 다섯시에 집에 돌아와선 너무 취해서 복도에서 쓰러져 잠들었다. 마르테는 내게 전화를 걸어 이런 얘기를 숨죽여 말했다. 이 모든 게 다 지나갈 거라고, 잘못 고른 남자 때문에 인생을 망치고 있는 게 아니라고 내가 말해주길 원하는 걸 알 수 있었다.

나는 말했다.

"그런 걸 참아주면 안 되지."

크리스토페르는 마르테가 사귀었던 남자친구 중에서 가장 마음에 들었지만 나는 마르테가 원하는 말을 해주지 않았다.

나는 얼굴이 달아올라 평소보다 더 큰 소리로, 더 빠르게 말했다.

"애가 생긴다고 생각해봐. 계속 그러면 어떨지 상상해보라고. 절대 용납할 수 없는 일이야, 마르테."

마르테가 말했다.

"언니가 그렇게 흥분할 건 없잖아."

"널 위해서 그런 거지. 널 그렇게 대하도록 놔둬선 안돼. 나라면 당장 떠났을 거야."

"그리 간단한 일이 아니야. 언니도 제대로 된 연애를 해봤으면 알 텐데. 자신뿐만 아니라 다른 사람도 고려해야 한다고."

내가 물었다.

"내가 제대로 된 연애를 안 하나?"

마르테가 대답했다.

"안 하지."

내가 평소에 표현하듯이 새로 '만나고 있는' 사람에 대해 말할 때마다 내 친구들과 마르테는 불평했다. 또 남의 남자로군. 아내와 여자친구가 있는 남자 좀 그만 만나라고. 그 사람들 가족한테 상처 주는 거잖아. 그러면 나는 죄책감을 느끼는 것처럼 행동했다. 에휴, 나도 알고 있어. 하지만 그런 말들은 오히려 내 오기만 돋울 뿐이었다. 내가 알지도 못하는 상대방의 파트너며, 본 적 없는 아이들을 고려해야 한다거나 책임감 있는 사람이 되어 절제해야 한다는 생각 말이다.

밤중에 내게 섹시하다, 사랑스럽다, 멋지다고 말하거나 지금 뭐 하고 있느냐고 묻는 문자를 받았을 때 내가 그 유혹에 저항해야 하나? 남자들에게 정신 차려야 한다고, 당신들은 품절남이라고 상기시켜주는 게 나여야 하나? 내가 엄격한 목소리로 그들에게 아니, 선을 넘고 있잖아요, 아내와 아이를 생각하세요, 라고 말해줘야 해? 내가 정말로 원하는 건 그들이 자기 아내나 아이 따위를 상관하지 않는 건데도? 연애에 관한 고결한 원칙만 지키며 혼자 침대에 누워 자신을 부둥켜안고 내가 얼마나 자신을 존중하는지 곰곰이 생각해보라고?

착하고 점잖은 척해봐야 내게 남는 건 없다. 순수성을 지키며 그런 문자를 무시한다고 해서 훨씬 더 나은 남자가, 친구들이 언젠가 내게 말하듯이 '네가 굉장한 여자라는 걸 알아보는 남자'가 어디서 갑자기 나타나기라도 한단 말인가. 그런 일은 내가 전혀 예상치 않을 때 생길 거라고 사람들은 말했다. 리본으로 포장된 선물처럼, 혼자서 그토록 오랫동안 버텼으므로 받는 보상처럼 올 거고. 충직함에 주는 금메달처럼. 하지만 모든 책임이 내게 있는 것은 아니다. 바람을 피우는 것은 내가 아니며, 이미 배우자나 파트너가 있는 사람도 다른 사람과 사랑에 빠질 때가 있는 것이다. 이미 임자가 있는 몸이어도 감정이 생길 수 있다고 덧붙이고 싶지만 나는 감히 다른 사람들에게 그런 견해를 내비치지 못했다. 내 말이 어떻게 들릴지 알기에. 불쌍한 이다, 그 남자가 애인을 버리고 자기한테 오지 않을까 기대하고 있다니. 머리가 없나?

내가 설거지를 하겠다고 했다. 그러자 마르테가 곧장 자기와 크리스토페르가 하겠다고, 손님은 가만히 있어도 괜찮다고 했다. 그래서 나는 모기에 뜯기지 않도록 마르테의 담요를 빌려 어깨에 두르고 두 손만 밖으로 내놓고 앉았다. 이렇게 앉아 있는 것도 좋네. 상황이 달랐다면 나는 지금 이 자리에 만족했을 것 같다. 별장에서 보내는 여름밤의 산들바람, 담요를 몸에 감싼 채 즐기는 저녁과 와인, 내 동생과 동생의 애인과 내일 올 예정인 엄마와 함께하는.

아니, 그건 싫었다. 나는 기도가 막히는 것 같은 답답함을 느꼈다. 그렇게 사소한 일들로 행복해지고 싶지 않았다. 내가 이 정도로 만족해야 한다는 건 공평하지 않았다.

나는 창 너머로 두 사람을 바라봤다. 주방은 어둑했다. 벽에 달린 작은 전등만이 싱크대에 동그란 빛을 비췄다. 마르테가 설거지를 하고 크리스토페르가 그릇의 물기를 닦는 게 보였다. 그는 키가 커서 제일 높은 선반까지 손이 닿으니까. 마르테는 그를 올려다보며 뭐라고 말한 다음 생긋 웃었다. 그리고 그도 마르테를 보며 같이 웃어줬다. 그가 마르테의 머리를 한 손으로 쓸어내리는데 내 안에서 무언가가 쿵 떨어졌다. 실망감 같은 것이. 나는 시선을 돌리고 잔에 와인을 따랐다.

공평하지 않다. 다른 사람들에게 그토록 쉬운 일이 나에겐 이렇게 어렵다니. 모르겠다. 무슨 공식 같은 게 있는 것인지, 다른 사람들에게만 익숙한 암호 같은 게 있는 것인지, 다른 사람들은 어릴 때부터 알고 있는 것을 나만 결코 이해하지 못하고 있는 것인지.

마르테는 사과 주스를 마시고, 나와 크리스토페르는 와인을 조금 더 마셨다. 우리는 정원에 의자를 펼치고 담요를 더 가져왔다.

피오르에 떠 있는 보트들을 지켜보던 마르테가 말했다.

"엄마가 보면 베룸(Bærum)* 사람들이 시끄러운 쾌속정을 가지고 와서 조용한 풍경 죄다 망쳐놨다고 한탄하겠네."

내가 대답했다.

"그러면 스테인은 베룸 사람 중에 괜찮은 사람도 많다고 말하겠지."

마르테가 손뼉을 치며 나를 보고 말했다.

"참, 그거 알아? 나 큰 보트 운전하는 법 배웠다. 내일 멀리까지 보트 몰고 나가서 엄마를 놀라게 해줘야겠어."

"그랬어?"

큰 보트라고 해봐야 그리 큰 배도 아니었다. 고작해야 육 미터 정도의 길이지만, 우리가 낚시할 때 쓰는 노 젓는 배보다 크기 때문에 우리는 큰 보트라고 불렀다. 엄마와 크리스토페르와 나는 운전할 줄 알지만 마르테는 한 번도 관심을 보인 적이 없었다. 늘 모래사장에서 해수욕하거나 정원에서 잡지 읽는 편을 택했다.

크리스토페르가 거들었다.

"운전 잘하더라고. 타고났어."

* 노르웨이 수도 오슬로 교외의 부촌.

그의 말에 힘을 얻었는지 마르테가 말했다.

"운전할 줄 알아야겠다는 생각이 들었어. 어른으로서 학점을 이수하는 것 같달까."

술 마실 때면 종종 그러듯 크리스토페르의 눈이 빛났고, 내 쪽을 건너다보는 그의 표정이 친절했다. 주방에서 같이 일할 때처럼 진지해 보였다. 나도 크리스토페르를 보았지만 웃을 수가 없어서 와인만 얼른 한 모금 들이켰다. 그는 잠깐 내 쪽을 보면서 두 눈을 가늘게 떴다. 나는 왠지 민망해서 화장실로 도망쳤다. 거울에 비친 내 모습을 봤다. 두 뺨이 처져 있었다. 나는 가슴을 펴고 내게 웃어 보인 뒤 뺨을 홀쭉하게 빨아들였다. 이제 됐네.

마르테가 화장실에 갔을 때, 크리스토페르가 내게 그렇게 우울해 보일 필요 없다고 말했다.

"이리 와, 한번 안자."

나는 웃으며 대답했다.

"뭐라고?"

그는 두 팔을 내게 두르고 꼭 안았다.

내 뺨이 그의 뺨에 닿았다. 까칠했다. 이런 갑작스러운 친밀함이라니. 마르테가 돌아와 그만 자러 가야겠다고 말하자, 크리스토페르가 오늘만 날이 아니라고 하며 자리에서 일어났다. 나는 왠지 낙담했다. 혼자 남아서 메신저의 연락처들을 보며 스크롤을 위아래로 움직였다. 결국은 이 년 전에 썸을 탔던 남자에게 문자메시지를 보냈다. 어떻게 헤어졌는지도 기억나지 않았다. 관계는 그냥 흐지부지 끝이 났다. 나는 그 남자보다 더 오래전에 알고 지냈던 남자에게도 같은 문자를 보냈다. 그리 특별한 관계도 아니었는데. 안녕, 잘 지냈어요? 나는 두 사람에게 또 문자를 보냈다. 별장에 왔는데, 당신 생각이 났어요.

답은 오지 않았다. 왜 그런지는 몰라도 나는 언제나 이런 짓을 하곤 했다. 둘 중 누구도 나를 생각하고 있지 않을 게 분명한데도, 그들이 혹시 나를 생각하지 않을까, 응답해주지 않을까 하는 기대감에 사람들을 귀찮게 했다. 나는 방으로 돌아와 침대에 누워 핸드폰을 들여다봤다. 침대보의 냄새. 벗은 몸에 닿는 나의 손길. 천장 목재의 옹이들. 열여섯에도, 스물다섯에도, 서른다섯에도 나는 이 침대에서 시간을 보냈다.

나는 까무룩 잠이 들었다. 어둠 속에서 기척이 느껴졌다. 멀리서 갈매기 소리도 들렸다. 소리는 점점 더 큰 원을 그리는 것처럼 커졌다. 문이 천천히 열리고, 방 안에서 무언가 움직였다. 이불을 들추는 느낌이 들어서 몸을 옮겨 자리를 내줬다. 그러곤 나란히 누웠다. 한 손이 벗은 내 가슴께로 살그머니 올라왔다. 깨어나 보니 침대는 비어 있었고, 나는 땀에 젖어 있었다. 별장 안은 고요했고, 아직 이른 시간이라 밖은 희붐했다. 완전히 잠에서 깬 나는 자위를 했다. 내가 누구를 생각하고 있는지도 몰랐다. **생각할** 사람이 아무도 없었다.

흔치 않지만 누군가와 잠자리를 할 때면 나는 굶주린 개와 같았다. 한술에 배를 채우려고 했다. 내 턱은 까슬한 수염에 쓸리고, 혀는 상대의 입 안을 깊숙이 탐했다. 내 몸속으로 들어온 단단한 손가락, 매끈한 피부에서 느껴지는 온기. 나는 그 살갗에 감싸이고 싶었다. 일이 끝나면 나는 그들에게 가까이 다가가서 안아달라고 말하고, 남자의 팔을 베고 잠을 청했다. 그러나 그들은 그러고 싶어 하지 않았다. 그냥 자고 싶어 했다. 나는 할 수 없이 부탁하고 애원했다.

한 사람은 잠자리를 하고 난 뒤 나와 같이 침대에 누워 있는 것조차 원치 않았다. 사정하고 나서 일이 초 후에 화장실로 달려갔고, 옷을 대충 걸치고 소파에 앉아 내가 옷을 입고 어서 이곳을 떠나기를 기다렸다. 그의 여자친구는 주말 동안 다른 곳에 가 있는데도. 나는 나 자신을 위해 관계를 개선해보려고 애를 써보았다. 그에게 그렇게까지 할 필요는 없지 않느냐고 상냥하게 물었다. 그 말이 지나쳤는지 그는 여기까지, 라고 말했다. 나는 그의 말을 따를 수밖에 없었다. 심지어 그의 마음이 편하도록 한번 안아준 다음, 짐을 챙겨 나가라는 말도 너그럽게 받아들이고 현관문을 열고 나왔다. 한밤중에 길거리로 쫓겨 나와 쓰러질 듯 택시를 잡으러 갔다.

또 다른 남자는 내가 그의 곁에 가까이 다가가면 사람 좋은 목소리로 말했다. 쉴 틈을 안 주네. 그렇지만 곧 내 엉덩이에 닿아 있는 그의 페니스가 작아지는 게 느껴졌다. 공기 속에서 섹스 후에 나는 퀴퀴한 냄새가 떠다니는 것 같았다. 나는 화장실로 가서 변기에 오랫동안 앉아 있었다. 겨드랑이는 땀 냄새가 진동하고, 엉덩이는 얼얼하고, 밑은 끈적끈적하고 아팠다. 말라붙은 콘돔 같은 욕망의 냄새가 훅 끼치는 것 같았다. 나는 휴지통에 그가 던져 넣은 콘돔 두 개를 들여다봤다. 하나에는 피가 조금 묻어 있었다. 아직 생리를 하기엔 이른데, 하고 생각하며 샤워를 했다. 상쾌해진 기분으로 침대로 돌아가 내 축축한 속옷과 빈 콘돔 박스를 치우고 남자 곁에 누웠다. 그리고 온기를 느끼기 위해 그의 팔을 내 어깨에 둘렀다. 그는 내 귀에 대고 코를 골면서 잠이 들었고, 잠이 오지 않는 나는 그 자리에 가만히 누워 있었다.

4

나는 다른 사람들보다 일찍 잠에서 깼다. 아침 여섯시
의 별장은 조용했다. 간밤에 마신 술 때문에 머리가 멍하
고 무거웠지만 다시 잠이 오지는 않았다. 결국 침대에서
일어나서 선착장 옆으로 난 좁은 오솔길을 달렸다. 다리
가 무거웠지만 그래도 뛸 수 있었다. 조깅하는 사람은 한
명밖에 보이지 않았고, 우리는 서로에게 고개를 끄덕여
인사했다. 나는 내 속도가 마음에 들었다. 서른 살 때보다
더 빨리 뛸 수 있었다. 물론 스무 살 때보다 더 빠르진 않
지만 직장에서 매년 홀멘콜렌(Holmenkollen) 계주 경기에
내보낼 팀을 꾸릴 때면 나는 언제나 가장 빠른 주자로 꼽

혔다. 내 상사는 늘 말했다. 나이 들었다고 게을러도 되는 건 아니지, 그냥 우선순위의 문제야. 마르테는 몇 번이나 조깅을 시도해봤지만 항상 몇 분 뒤에 두 손을 들었다. 나와 대적할 수 있는 사람은 없었다. 빠른 이다. 가자, 가자, 가자. 늘 그러듯이 종아리가 당길 때까지 오르막길을 달리며 혼잣말처럼 중얼거렸다. 조깅 후 샤워를 하고 큰 보트의 열쇠를 챙겨 선착장으로 내려갔다. 나는 덮개를 열고 시동을 걸어야 하는데 레버를 어떻게 올려야 하는지, 어떤 스위치를 켜야 하는지 가물가물해서 오랫동안 만지작거렸다. 하지만 결국엔 혼자서 해냈다. 묶어둔 보트의 로프를 풀고 배를 밀어냈다. 주위엔 아무도 없었다. 밝은 햇살이 수면에 내려앉아 있었고, 주위의 모든 것이 유리알처럼 맑았다. 아름다웠다.

보트는 통통통 엔진 소리를 내며 뱃머리로 물살을 갈랐다. 단숨에 스토르홀멘(Storholmen)과 네세트(Neset), 탕엔(Tangen)을 지나쳤다. 갈매기가 보트 뒤를 따라오며 거대한 전투기처럼 날개를 퍼덕였다. 속도가 나자 머리카락이 바람에 날리면서 추위를 느꼈다. 외투를 가져왔어야 하는 건데. 보트 위에 한 손을 탁 내려치자 갈매기가 높이 날아올랐다.

"타고나기는."

나는 큰 소리로 말했다가 이내 민망해졌다. 연료가 거의 남지 않을 때까지 여러 선착장과 붉고 희고 노란 별장들, 정박해둔 재래식 어선, 부표, 갈매기 떼와 사람들—우리는 멀리서 손을 흔들어 인사했다—을 간혹 지나쳐 간다음, 기어를 중립으로 놓고 숨을 돌렸다. 피오르 한가운데에서, 물결에 배를 맡긴 채 가만히 누워 있었다. 이대로배가 떠밀려 간다면 만의 후미까지, 바다까지 갈 수도 있었다. 어쩌면 뭍이 보이지 않는 먼바다까지 떠내려갈 수도 있었다. 내가 녹아서 물이 되어버리도록, 조개껍질과해초와 돌이 되어버리도록. 크리스토페르와 마르테는 그사실조차 알지 못할 것이다. 이다, 어딨지? 몰라. 조금 전까지 여기 있지 않았어? 돌아오겠지. 그들이 올레아를 부르는 동안, 아이가 재주 넘는 법을 배웠다며 손뼉을 치는 동안, 재주를 넘다 다친 아이의 무릎에 반창고를 붙이는 동안, 마르테가 배를 문지르며 잡지를 읽는 동안. 이다는 어떻게 된 거지? 마지막이 별로 좋지 않게 끝났어. 안타깝지 뭐야. 그러게, 슬픈 일이야. 올레아는 어디 있지?

오늘은 당신이 애를 재워줄래, 나는 도무지 엄두가 안 나. 들어가자. 내일 저녁엔 뭘 먹을까? 장 보러 누가 갈래? 나 어때 보여? 배가 많이 불렀나?

보트 아래에서 뭔가가 느껴졌다. 마치 배를 물속으로 끌어 내리려는 듯한 느낌이 들었다. 나는 울지 않았다. 울어야 할 이유가 없었다. 나는 내가 아직도 애라고 생각하는 걸까? 나는 애가 아니다. 손을 물에 담그고 손가락을 벌려 갈조류와 녹색식물의 미끈한 감촉을 느꼈다. 나는 속으로 생각했다. 나 여기 있어, 여기 있다고. 결코 죽지 않을 거야. 사라지지 않아. 나 여기 있다고.

크리스토페르가 스테인의 차가 언덕을 올라오는 걸 발견했을 때 우리는 정원에서 점심을 먹는 중이었다. 마르테는 오전 내내 기분이 안 좋았다. 복통이 있다며 올레아가 뭔가를 요청할 때마다 신경질을 냈다. 아니, 아이스크림 먹으면 안 돼, 지금은 안 돼, 오늘 배를 탈지 안 탈지 몰라, 아빠한테 물어봐.

올레아가 입을 삐죽거리며 쏘아붙였다.

"아빠래."

마르테가 대꾸했다.

"그래, 네 아빠 **맞잖아**."

올레아가 말했다.

"**마르테 아빠는 아니잖아**."

나는 커피를 한 모금 마시며 물었다.

"너희 엄마는 크리스토페르한테 아빠라고 안 불러?"

"불러요."

내가 다시 물었다.

"마르테는 그렇게 부르면 안 되고?"

올레아는 도리질을 하며 방싯 웃었다. 그러고는 장난
치듯 손가락을 입에 넣고 흔들리는 이를 건드렸다.

"왜 안 돼? 어서 말해줘."

"언니, 제발……."

마르테가 나를 보며 말꼬리를 흐렸다.

내가 말했다.

"뭐?"

마르테가 말을 잘랐다.

"그만해."

그러고는 올레아를 향해 말했다.

"올레아, 샌드위치 먹어. 종일 거의 아무것도 안 먹었잖아."

마르테는 정원 너머, 모퉁이를 돌고 있는 스테인의 차를 바라봤다. 곧 차 문이 쿵 닫히는 소리와 엄마가 안녕, 하고 인사하는 소리가 들렸다.

마르테와 나는 입을 모아서 인사했다. 예전처럼, 언제나처럼.

"오셨어요?"

엄마가 차에서 나오며 말했다.

"점심 먹는 중이었구나."

스테인은 면 반바지를 입고 있었고, 안경 위에 붙이는 착탈식 선글라스를 썼는데 지금은 선글라스를 위로 젖혀서 꼭 곤충의 눈처럼 보였다. 엄마는 제일 먼저 몸을 굽히고 올레아를 안아줬다. 엄마는 올레아를 **자신의 진짜 손녀처럼 대하고 싶다**고 여러 번 말했고, 그럴 때마다 엄마는 우리가 자신의 관대함에 놀라는 것이 당연하다는 듯이 우리를 말끄러미 바라봤다.

마르테가 말했다.

"올레아, 손님이 오니까 좋지 않니?"

아이가 있으면 이렇게 되는 건가. 아무짝에도 쓸모없는 말을 늘어놓는 거. 그건 마치 기르는 애완견에게 말을 거는 것 같았다. 마르테와 크리스토페르는 늘 그러듯이 이거 너무 사랑스럽지 않니? 잠옷 입으니까 좋지? 그 일이 일어났을 때 슬펐어? 하고 물었다.

엄마가 한숨을 쉬며 말했다.

"오는 길이 힘들긴 했단다."

올레아가 엄마를 올려다보며 말했다.

"낚시했어요."

엄마가 손뼉을 쳤다.

"오, 그래? 뭐 좀 잡았어?"

그러고는 다시 시선을 돌려 나와 마르테를 향해 말했다.

"내가 무슨 말 하려고 했더라? 우리가 올 때 사네(Sande)에서부터 죽 길이 막혔어. 오늘 아침에 출발했는데."

스테인이 거들었다.

"룩트베트(Rugtvedt)에서는 핫도그 먹느라 잠깐 섰고."

엄마가 그를 놀리듯 말했다.

"스테인이 새우 핫도그에 마요네즈 바르는 걸 좋아하지 뭐니. 육 년이 지나서야 그걸 알게 되다니, 놀랐어."

크리스토페르가 말했다.

"스테인, 의외인데요."

스테인은 해명하지 않고 제 할 말만 했다.

"게다가 리쇠르(Risør) 부근에서는 우회로가 있어서 신호에 걸렸고."

마르테와 나는 시선을 교환하며 눈썹을 치켜올렸다.

스테인은 고개를 저었다.

"말도 안 되지. 한 나라에서도 이런 데가 있구나, 가끔 깨닫게 된다니까."

마르테와 내가 합창하듯 입을 모았다.

"뭐, 오셨으니까 됐죠."

크리스토페르가 별장 안으로 들어가며 말했다.

"커피 한잔하시겠어요?"

스테인이 그를 따라 들어갔다.

"그래, 우리 딸들, 더운 날씨에 재밌게 보냈니?"

엄마는 내 뺨을 도닥이고 머리칼을 헝클어뜨린 뒤, 마르테를 돌아보았다. 그러곤 옅은 색깔의 머리를 쓰다듬은 나음 가만히 배에 손을 댔다. 왜 벌써 마르테의 배를 만진담.

엄마가 마르테에게 물었다.

"우리 딸, 피곤해? 지쳐 보인다."

마르테가 엄마에게 몸을 기대며 대답했다.

"응."

마르테는 아무런 주저 없이 엄마를 오랫동안 끌어안고 품에 파고든 채 그대로 있었다. 나는 당혹스러운 표정으로 그만하라는 듯 마르테의 어깨를 톡톡 두드렸다. 우리는 마르테를 사이에 두고 조각상처럼 서 있었다.

엄마가 마르테의 뺨을 어루만지며 말했다.

"괜찮아. 넌 좋은 엄마가 될 거야."

나는 더 이상 이런 말을 듣고 싶지 않았다. 넌 좋은 엄마가 될 거라니. 고막에 테러를 당한 것 같았다. 나는 재채기를 참는 것처럼 간신히 그런 말들을 듣고 있었다. 그들은 정원 테이블로 천천히 걸어갔다. 엄마는 한 팔로 마르테의 허리를 감싸 안고 있었다. 크리스토페르는 보온 포트에 담긴 커피를 잔에 따랐다.

엄마가 올레아에게 물었다.

"그래, 올레아. 물고기 몇 마리나 잡았니?"

올레아가 코를 파며 대답했다.

"세 마리."

마르테가 따지듯 말했다.

"올레아, 한 마리였지. 네가 한 마리 잡고, 내가 두 마리 잡았잖아."

"그냥 내버려둬."

억지웃음을 지으며 마르테에게 말했지만, 마르테는 내 말에 아무 대꾸도 하지 않았다.

나는 잔을 들다가 테이블에 커피를 흘렸다. 탁자 위에 쏟아진 커피를 손가락으로 훔쳤다. 마르테와 크리스토페르가 새로 산 잔들이었다. 테이블도 예전에 있던 것과 달랐다. 나는 너무 커서 이 공간에 맞지 않는다고 생각했다.

내가 물었다.

"테이블 어디서 샀어?"

그러자 마르테가 크리스토페르에게 물었다.

"바우하우스였나. 맞지?"

크리스토페르가 대답했다.

"맞아. 작년에 샀지. 삼십 퍼센트 세일할 때."

네가 말했다.

"별장에 들일 새 물건을 살 때는 물어보면 좋잖아. 너희만 여기 오는 것도 아니고."

마르테가 물었다.

"새 테이블 사기 전에 언니한테 물어보라고? 옛날 테이블이 다 부서져가는데?"

내가 덧붙였다.

"페인트칠하기 전에도."

마르테가 대꾸했다.

"좋아 보인다며."

"난 예전이 더 좋았던 것 같아."

나는 커피를 한 모금 마시며 말했다. 생각보다 뜨거워서 혀를 데지 않으려고 얼른 삼켰다. 뜨거운 커피가 목구멍과 가슴을 할퀴는 것 같았다.

내가 또 말했다.

"별장이 흰색이냐 노란색이냐는 큰 결정이니까."

마르테가 응수했다.

"언니는 여기 거의 안 오잖아."

내가 쏘아붙였다.

"같이 올 사람이 없는 건 내 잘못이 아니지."

"하지만 우리 잘못도 아니잖아. 언니가 원한다면 여기

서 더 시간을 보내도 되는데, 여름에 한 번 우릴 보러 올 뿐이잖아. 나머지 시간엔 여기저기 잘도 다니면서.”

크리스토페르가 입을 열었다.

“마르테.”

“뭐? 그냥 말이 그렇다는 거지.”

엄마가 말했다.

“나도 스테인 만나기 전엔 여기 혼자 오는 걸 좋아했는데. 와서 그냥 빈둥거렸지. 반나체로 정원도 가꾸고. 근사했어.”

스테인이 엄마에게 입을 맞추며 말했다.

“듣기만 해도 근사하군.”

마르테가 말했다.

“엄마.”

나는 아무 말도 하지 않았다. 커피를 마시며 노란 꽃문양 접시에 계란 샌드위치를 담아 먹으며 『도널드 덕』만화책을 보던 일을 생각했다. 내 발바닥에 화상을 입혔던 금속으로 된 파라솔 받침대, 책을 읽다가 잔을 그늘 아래로 옮겨두는 걸 깜빡해서 결국 상한 맛이 났던 우유. 아빠는 그 우유를 햇살이 닿았다고 해서 ‘선키스’ 우유라고 불렀다. 그리고 노란 벽들. 저들이 흰색 페인트로 지워버린 노란색. 나는 그 생각만으로도 눈물이 터질 것 같았다. 말도 안 돼. 하지만 어린 시절의 상투적인 기억에 사로잡혀 있을 수는 없었다. 노란 벽, 우유, 사랑에 빠진 부모님. 마치 육십 년대 스타일의 노랗게 바랜 필터가 내 생각에 덧씌워진 것 같았다.

엄마가 내 무릎을 토닥이며 물었다.

"이다, 직장은 어떠니? 잘 버티고 있어?"

내가 대답했다.

"네, 늘 똑같죠."

"신나는 일은 없어?"

엄마가 다리를 긁으며 덧붙였다.

"나 벌써 모기에 물린 것 같아."

크리스토페르가 말했다.

"올해는 모기가 끝이 없네요."

"가을에 새 프로젝트를 맡게 됐어요. 그로루달렌(Groruddalen)에 있는 고등학교인데 우리가 입찰을 따냈어요."

엄마가 내 말을 듣고 감탄했다.

"오, 잘됐구나!"

나는 내가 착한 딸인 것을 엄마가 인정할 때마다 자부심과 짜증이 뒤섞인 감정을 느꼈다. 스테인은 고개를 끄덕이며 건배하듯 커피 잔을 들어 올렸다. 그는 아직도 선글라스를 벗지 않고 있었다.

스테인이 말했다.

"이다, 굉장하네!"

마르테가 웃으며 물었다.

"나는 아니고요?"

일부러 아이 같은 말투로 묻는 마르테를 보자, 내 안에서 분노가 올라왔다.

엄마가 마르테를 한 팔로 감싸 안으며 이마에 쪽 뽀뽀를 했다.

"오늘 저녁은 뭘 먹을 계획이니?"

크리스토페르가 말했다.

"오리로 콩피*를 할까 생각 중이었어요. 내일 생일 파티 식사는 새우로 하고요."

마르테가 실실 웃으며 말했다.

---

* 절인 고기를 저온의 기름에 장시간 익히는 요리.

"물론 언니가 연설도 준비했죠."

나는 접시를 치우기 위해 일어서며 말했다.

"연설이라고는 안 했다. 몇 마디만 준비했다고 했지."

엄마가 말했다.

"아직 안 치워도 돼, 이다."

나는 착한 딸이었다. 음식물 쓰레기를 쓰레기통에 비우는 착한 딸이고, 개수대에서 컵을 씻다가 수도꼭지의 뜨거운 온수에 손을 데는 착한 딸이다. 시험이 끝나고 나면 성적을 자랑스레 흔들며 엄마, 엄마, 이것 좀 봐요, 라고 말하며 집으로 돌아왔다. 나는 개수대에서 설거지를 하면서 그 생각들을 떠올리는 것만으로도 진땀이 났다.

나는 핸드볼을 했고, 발레 레슨을 받았으며, 훈련이 없는 날에는 조깅을 하러 나갔고, 학급에서는 정치와 유럽연합과 여성이 겪는 불평등에 대해 목소리를 냈고—씨발, 입 닥쳐, 이다, 하고 남자애들은 죽는 소리를 했다—그래서 나는 구학년 종업식에서 대표로 학부모와 학생들, 선생님들, 교장 선생님이 다 모인 체육관에서 연설을 하도록 요청받았다. 몇 주에 걸쳐서 준비를 했고, 밤늦게까지 연설문을 썼으며, 거울 앞에서 연습하며 나 자신과, 어른스러운 이다와 눈이 마주칠 때마다 긴장을 했다. 나는 우리는 청소년기에 놓여 있으며, 스스로 세상을 발견하고 경험할 때이기 때문에 실수할 기회를 갖는 것이 중요하며, 다들 실수를 해야만 하고, 바로 그렇게 배우는 것이라고 말하고 싶었다. 그것은 내가 어딘가에서 읽은 것으로, 마음에 들어 인용구까지 연설문에 넣었다. **다시 시도하고, 다시 실패하고, 더 잘 실패하라.** 나는 그런 망할 범생이였다. 나는 '더 잘 실패하라'는 부분에 여운을 남기고 싶었다. 엄마, 아빠, 선생님, 교장 선생님과 우리 학년 모두가 그 말이 무슨 뜻인지 생각할 수 있도록. 어떤 똑똑하고 유별난 열다섯 살짜리가 그런 종류의 말을 생각해낸단 말인가. 그리고 우리 반 애들이 모두 박수를 치는 가운데, 그중 감동한 누군가가 자리에서 일어서는 걸 상상했다. 그러면 체육관에 있는 사람들 모두 따라 일어설 것이고, 나는 무대에서 부끄럽지만 흡족한 미소를 지으며 한 손을 가슴에 올리고 몇 번이고 고개 숙여 인사할 것이었다. 그 가운데는 엄마와 마르테가 한껏 박수를 치며 있을 테고, 어쩌면 엄마는 울음을 터뜨릴지도 몰랐다.

하지만 종업식이 열리는 날, 마르테는 배가 아프다고 했다. 나는 좋은 구두를 신고, 다림질해서 주름도 구김도 없는 드레스를 잘 차려입고 우리 집 복도에 서 있었다. 그러는 동안 마르테는 침대에 쓰러져 울면서 몸을 뒤틀었다. 나는 생각했다. '지금은 아냐, 지금은 아냐, 지금은 아니라고, 지금 이 순간만은 안 된다고.'

엄마가 마르테에게 물었다.

"갈 수 있겠니?"

마르테는 몸을 웅크리고 베개에 얼굴을 묻은 채 말했다.

"아니. 못 가."

엄마는 침대에 앉아서 어찌할 바를 모른 채 마르테의 배를 쓸어주었다. 엄마가 나를 건너다봤지만 나는 엄마와 눈을 마주치고 싶지 않았다. 방문이라도 걷어차고 싶은 기분이었다. 이런 일이 일어날 줄 내내 알고 있었다. 저 못난이, 멍청한 마르테. 뚱보인 주제에, 한심하고 지질한 친구들밖에 없는 저 애가 전부 다 망치리라는 걸.

엄마가 말했다.

"엄마가 데려다줄 순 있는데, 마르테한테 바로 와봐야 할 것 같아. 괜찮겠지?"

나는 대답했다.

"네."

나는 티네(Tine)와 그 애 가족과 함께, 다른 가족들 틈에서 체육관에 앉아 있었다. 그리고 내 이름이 호명되자 단상에 올라가 연설을 했다. 나는 떨리지 않았는데도 말을 더듬었고, 마이크에서 삑 쇳소리가 났으며, 심지어 가장 신경 써서 준비한 인용문도 잘못 읽었다. 나는 그냥 실패하라, 더 잘 실패하라, 라고만 말하고는 감사 인사를 했다. 내가 실수한 것을 아무도 알아채지 못했다. 사람들은 언제나처럼 박수를 쳤고, 작은 환호의 웅성거림이 일었으나 내가 무대를 떠나 자리로 돌아왔을 땐 이미 그친 뒤였다. 다른 반의 남학생 하나가 내게 엄지를 들어 보였다. 나는 전에는 그 아이를 눈여겨본 적이 없었지만 그 후로 가끔씩 그 애 생각을 했다. 고등학교 시작 전 여름 내내 그 애 생각을 했던 것 같다. 그 애는 여자친구가 있었는데도, 고작 그 '엄지 척' 때문에.

엄마는 종업식이 끝난 후에 나를 데리러 왔다. 나는 학부모, 선생님들이 칭찬할 수 있도록, 그리고 엄마가 그 말을 우연히 듣도록 좀 더 오래 같이 어울리고 싶었다. 담임

선생님이 내가 최고 점수를 받았다는 칭찬을 엄마에게
해주기를 바랐다. 하지만 엄마와 나는 의자 끄는 소리와
온갖 잡음에 둘러싸였다. 바닥에 페인트칠된 원과 선들
은 사람들의 발아래 가려져 보이지 않았고, 테이블을 덮
은 하늘색 식탁보는 흘린 커피 방울과 뭉개진 초콜릿 케
이크 따위로 점점이 얼룩졌다.

흘러내린 안경을 들어 올리는 엄마의 머리카락은 엉망
이었다. 엄마는 오늘을 위해 치장하려는 시도조차 하지
않은 것 같았다.

"지금 가는 게 좋겠다. 마르테를 너무 오래 혼자 두고
싶지 않구나."

나는 엄마를 물끄러미 바라봤다. 마르테가 **그렇게** 아플
리가 없잖아요, 내 일을 망치려고 다 지어낸 거라고요, 라
고 말하고 싶었지만 엄마가 어떻게 반응할지 잘 알고 있
었다. 나는 어쩔 수 없이 반 친구들과 작별의 포옹을 했
다. 내게 엄지를 들어 보인 남자애는 찾을 수가 없었다.
아래층에서 나를 기다리고 있는 엄마와 체육관 건물 밖
으로 나와 주차장으로 향했다. 나는 하이힐을 신었고, 짧
은 드레스—나는 그런 일에는 주의가 깊었으므로 너무

짧지는 않았던 것으로 기억한다—를 입고 있었다. 나는 차 앞좌석에 앉았다. 아직 날이 밝은 유월 저녁이었고, 나는 이제 막 중학교 시기를 마쳤다. 어떤 일이라도 일어나길 바랐지만 차 문이 잠기며 우리는 밀봉되듯 차 안에 갇혔다.

나는 착한 딸답게 유리잔을 씻었다. 잔을 헹구는 온수가 너무 뜨거워 물기가 곧바로 사라지는 듯했다. 유리잔은 내가 어릴 때부터 사용하던 것으로, 부엌의 높은 수납장에 보관되어 있었다. 잔의 물기를 닦고 제자리에 놓았다. 그런 다음 그중 두 개를 꺼내 내 티셔츠 안에 숨겼다. 나의 유치한 짓을 누가 지켜볼 것 같아 웃음이 터질 지경이었다. 그런 다음 얼른 방으로 발걸음을 옮겨 유리잔을 내 가방에 숨겼다.

5

마르테는 엄마와 스테인에게 보트를 타러 가겠느냐고
물었다. 깜짝 놀라게 해주고 싶은 의도를 잘 숨기지 못했
다. 너무 아이처럼 굴어서 내가 다 창피할 정도였다. 보트
운전법을 배운 게 뭐 그리 대단하다고. 크리스토페르와
나는 구명조끼를 가지고 먼저 선착장으로 내려갔다. 작
고 반들반들한 구명조끼는 올레아 것이고, 오래되고 빛
바랜 주황색 구명조끼는 어른 거였는데, 이 구명조끼는
겨울 동안에는 와인 저장고에 보관되어 있어서 손바닥에
쥐똥과 먼지가 묻어났다.

내가 보트를 묶은 로프를 당겨 배에 오른 다음 덮개의

고정 장치를 풀자, 크리스토페르가 나를 따라 배에 올라 반대쪽 고정 장치를 풀어서 둘이 거의 동시에 일을 마쳤다. 우리는 덮개를 가지런히 접어 선착장에 올려뒀다. 같이 일하기 좋은 훌륭한 팀이다. 우리는 두 꼬마처럼 선착장가에 걸터앉아 다리를 앞뒤로 흔들며 다른 사람들이 오기를 기다렸다. 크리스토페르가 담배를 피웠다. 나는 그 냄새를 좋아했다. 완전히 다른 생의 냄새. 그는 아직 끊지는 못했지만 올해가 담배를 피우는 마지막 해가 될 거라고 말했다. 마르테는 그가 술을 전만큼만 마시지 않아도 행복할 거라고 말하곤 했다.

나는 그의 타투를 가리키며 물었다.

"나도 그런 거 할까?"

그가 내 팔뚝을 보며 말했다.

"구십 년대 스타일의 엄청 크고 괴상한 모양으로? 좋지, 잘 어울리겠네. 난 타투한 거 후회한 지 이십 년밖에 안 됐어."

"모든 여자들이 허리에 타투 하나씩 하고 싶어 하던 시절이 있었지."

크리스토페르는 후후 웃으며, 스누스* 파우치를 윗입

술 아래 끼워 넣었다. 나는 보트의 갈고리로 물에 빠진 로프 하나를 건졌다.

그가 내 등에, 티셔츠와 바지 사이의 작은 틈을 손가락으로 쓱 문지르며 말했다.

"여기다가 인생 모토 같은 거 새기면 되겠네."

보트 창고 뒤에서 올레아의 목소리가 들려서 내가 일어서자, 엄마와 스테인과 마르테의 모습이 보였다. 보트에 모두 올라타자, 마르테가 오른쪽 운전석에 앉아 시동을 걸었다.

엄마가 모터 소리보다 더 크게 외쳤다.

"마르테, 보트 운전하는 거 배웠니?"

마르테는 행복해 보였다. 너무 뿌듯해하는 자만한 모습이 꼴사나워서 나는 시선을 돌렸다. 마르테는 보트 운전에 능숙했다. 일정한 패턴의 작은 물결을 만들며 앞으로 나아갔다. 물이 튀는 중에도 기분 좋은 안온함을 느낄 수 있었다. 어린 시절부터 잘 알고 있는 듯한 그런 느낌. 나는 보트 한쪽으로 몸을 숙여 한 손을 물에 넣었다. 그리

---

* 입 안에 넣고 사용하는 티백 형태의 무연 담배 상표.

고 빠르게 스쳐 지나가는 물의 저항을 느껴보았다.

스테인은 멍청한 페도라 모자가 바람에 날아갈까 봐 꼭 붙들고 있었다. 엄마가 벗으라고 하는데도 그는 한사코 싫다고 했다. 심지어 구명조끼조차 입지 않았다.

올레아는 뱃머리의 작은 갑판에 앉아 난간을 꼭 붙잡고 있었다. 크리스토페르가 내려오라고 했지만 아이는 내 곁에서 떨어지지 않았다. 내가 보고 웃자, 아이는 이 빠진 미소를 내게 돌려주었다. 나는 아이의 가녀린 어깨를 감싸 안고 갈래머리를 살짝 잡아당겼다. 올레아는 간지러운 척하며 몸을 뒤틀었다. 이다 이모! 올레아의 구명조끼는 짙은 파랑과 분홍으로 되어 있었다. 내가 어릴 때 입던 주황색 조끼와는 딴판이었다. 나는 옛날이 좋았다며 회상하는 그런 사람이 된 걸까? 어쩌면 나도 스테인처럼 곤충 눈같이 생긴 선글라스를 끼고, 보트에 타서 모자를 벗지 않겠다고 고집부릴지도 모른다. 하지만 나는 노력할 것이다. 올레아가 미소 짓도록 하고, 마르테가 계속 나를 부러워할 수 있도록.

엄마와 마르테는 육지 쪽을 손가락으로 가리키며 대화를 나누고 있었다. 아마도 뭔가 확장 공사를 하는 스토르

순(Storsund) 사람들에 대해 얘기하는 것 같았다. 마르테는 비교적 큰 배가 지나간 뒤에도 능숙하게 배를 운전했다. 크리스토페르가 마르테에게 윙크하자, 마르테도 그를 향해 웃어 보였다. 저 정도는 나도 할 수 있다고. 나는 속으로 생각했다. 오늘 아침에 너희 중 아무도 깨어 있지 않을 때도 보트를 몰고 멀리까지 나갔었거든. 별거 아니라고.

집으로 돌아가려고 피오르를 가로질러 달리고 있는데 보트가 털털거리기 시작했다. 보트가 기침하듯 캑캑대더니 갑자기 멈췄다. 배가 수면에 가만히 둥둥 떠 있었다.

마르테가 당황했다.

"젠장, 이럴 리가 없는데."

마르테는 자리에서 일어나 두 팔을 양쪽에 떨어뜨린 채 가만히 서 있었다. 크리스토페르가 연료를 확인했다. 탱크에 연료가 바닥났다. 내가 오늘 아침에 너무 멀리 나갔다 와서 탱크가 비어버린 것이다.

엄마가 물었다.

"보조 탱크 안 가져왔니?"

마르테가 항의하듯 말했다.

"하지만 분명히 연료가 꽉 차 있었어. 어제 확인했다

고."

올레아가 물었다.

"마르테가 잘못해서 배가 섰어요?"

내가 말했다.

"올레아, 누구의 잘못도 아니야."

나는 연료를 채우지 않은 건 나였다고 말할 수도 있었지만 그렇게 하지 않았다. 가만히 입을 꾹 다물었다. 그들이 마르테를 보는 눈빛과 표정이 만족스러웠다. 체념한 듯, 깔보는 것 같았다.

우리는 뭍에서 그리 멀리 떨어져 있지 않았지만 거세진 바람에 배가 흔들렸다.

올레아가 아이답게, 크리스토페르에게 가서 안기며 물었다.

"위험해요?"

나는 보트의 가로장 위로 올라갔다. 피오르를 가로지르는 배가 몇 척 있었다. 누군가 우리에게 귀를 기울일지도 몰랐다. 나는 두 팔을 흔들어 그들을 불렀다.

내가 올레아에게 말했다.

"같이 외쳐."

마르테가 말했다.

"보트에서 일어서면 안 돼."

"내가 허락할게."

나는 아이가 가로장 위로 올라올 수 있게 도와준 뒤 함께 목청껏 외쳤다. 여기요! 마르테는 우리를 지켜보며 눈을 흘겼다. 곧 크리스토페르도 함께 외치기 시작했다. 멀지 않은 곳에 있던 낚싯배 한 척이 우리 쪽으로 통통 소리를 내며 다가왔다. 우리는 모두 환호했다. 갑자기 내리기 시작한 이슬비가 수면에 작은 원을 만들었다.

낚싯배를 탄 남자가 우리 곁에 배를 대면서 물었다.

"무슨 문제라도 있어요?"

내가 말했다.

"누군가 연료 채우는 걸 잊어버렸어요."

남자가 웃으며 말했다.

"똑똑한 행동은 아니군요."

"아니죠."

내가 웃자, 올레아도 따라 웃었다.

마르테는 미소를 유지하려 애썼지만 표정이 어두웠다. 보트 앞좌석에 앉더니 크리스토페르에게 운전을 맡으라고 했다. 낚싯배의 남자가 우리에게 연료를 나눠 주었다. 스테인이 돈을 지불하겠다고 제안했지만 남자는 한사코 받지 않았다. 그는 크리스토페르가 시동을 걸 때까지 기다렸다가 엄지를 올려 보였다.

"다음엔 예비 탱크 잊지 마요."

남자는 마르테를 향해 외치곤 방향을 틀어 배를 몰고 가버렸다. 마르테는 억지로 웃어 보였다.

선착장에 배를 대고 나자 마르테는 괴로운 듯한 말투로 속이 거북하다며 크리스토페르와 스테인에게 내릴 때 부축해달라고 부탁했다.

엄마가 말했다.

"너 안색이 좋지 않아. 가서 누워야겠어."

마르테는 당장에 쓰러질 것처럼 몸을 비틀거리며 동의했다.

"그래야 할 거 같아."

배를 타고 온 뒤라 추운데도 나는 다리가 가뿐했다. 무언가를 쟁취한 것 같았다. 하지만 크리스토페르가 마르테의 머리를 쓰다듬고, 엄마가 마르테의 허리를 감싸 안자 나는 다시 시들시들해지면서 축 처졌다. 나는 아무도 거들떠보지 않을 테지만 최고의 로프 매듭을 지어 배를 정박할 준비를 했다. 그 로프를 마르테를 향해 던져버리고 싶었다. 이건 결국 마르테의 잘못이니까.

6

나는 방에 누워서 잡지를 읽었다. 의사의 전화를 기다리고 있었다. 예테보리행 기차와 호텔을 예약하고 싶었고, 호르몬 치료를 언제 시작해야 할지 결정하고 싶었으며, 이 모든 일을 빨리 진행시키고 싶었다. 내게 남자친구가 생기는 날도 곧 올 것이다. 모든 게 시작될 날이.

최근에 가장 가까웠던 관계는 이 년 전이었다. 아무런 느낌도 없고, 그냥 틴더에서 만난 남자일 뿐이라고 나는 친구들에게 말했다. 그에겐 파트너가 있었지만 그건 그 사람 문제지, 라고 말하곤 했다. 마르테는 한창 크리스토페르에게 푹 빠져 있던 때여서 이곳 별장에서 그의 품에 안겨 있었다. 그때는 올레아와 함께 있지 않았으므로 나는 두 사람에게 내가 만난 유부남들 얘기를 들려주었다. 크리스토페르는 후후 웃었고, 마르테는 눈을 흘기며 말했다.

"딱 언니답다. 그 사람 가족을 생각해봐. 애초에 뻔뻔하게 틴더에 가입한 것부터 말이 안 돼."

내가 반박했다.

"그 사람 가족은 그 사람이 생각하면 안 될까?"

그 사람 가족을 생각해보라니. 나는 그가 과연 가족을 떠날 수 있을까만 줄곧 생각하고 있었는데. 노란 꽃문양 접시를 씻으면서도, 마르테와 해안가를 산책하면서도, 오래된 주간지를 읽으면서도, 휴가 중에는 답장할 필요가 없는 회사 이메일에 답을 하면서도 나는 그 생각뿐이었다. 과연 그가 파트너와 헤어질 수 있을까. 불가능한 일이라고 생각하면서도 가끔은 그런 기대를 하곤 했다. 어떤 사람들은 헤어지니까, 어떤 사람들은 다른 사람과 사랑에 빠지니까.

저녁이면 나는 지금 누운 곳에 누워 있곤 했다. 피부가 햇살에 그을렸던 것도 같은데, 그 여름이 특별히 더웠던 기억은 없었다. 그때 나는 내년 여름은 어떨까 생각하고 있었다. 그때쯤이면 그가 파트너와 헤어지고 나와 같이 여기 오게 될까. 저녁 식사 후에는 좀 취해서 그에게 섹시한 내용의 문자를 보냈다. 실제로 섹스를 하는 것보다 이렇게 문자를 주고받는 것을 그가 더 좋아하는 듯한 인상을 간혹 받곤 했다. 도시에 있을 때도 그는 나를 위해 시간을 내지 못할 때가 많았다. 또 당하는 게 아닐까 불안해하고 싶지 않았고—나는 엿 같은 일을 당하는 경우가 많았으므로—이번만큼은 진짜라고 믿고 싶었다. 나는 입안 깊숙이 그의 것을 받아들이는 걸 묘사했고, 그는 답장으로 자신의 페니스 사진을 보내왔다. 나는 자위를 하고 싶은 충동이 느껴져서 '와'라고 답장을 보냈다. 하지만 내가 절정에 임박한 순간에 그에게서 답 문자가 더 이상 오지 않았다. 나는 침대에서 허우적대다가 화면의 파란 말풍선을 노려보며 잠시 기다렸다. 그가 답장하기 전에 오르가슴을 느끼고 싶지 않았다. 그에게서 결국 답장이 왔다. '나 쌀 거 같아. 너랑 섹스하는 상상하는 중.' 나는 '나도. 통화할래?'라고 썼다. 우리는 그가 혼자 있을 때 간혹 그러곤 했다. 마치 나란히 누운 것처럼 나지막이 속삭이며, 상대방의 목소리를 들으며 잠에 빠져들었다. 기분 좋게 잘 자라고 말했다. 하지만 지금 시간을 너무 오래 끌고 있었다. 한참 시간이 지난 후에 그는 스마일 이모티콘과 함께 '너무 늦었네'라는 문자를 보냈다. 염병할 스마일 이모티콘과 함께. 그리고 그것으로 끝이었다. 화가 나서 빠르고 사납게, 절정이 올 때까지 자위를 했던 기억이 떠올랐다. 나는 사흘 후에 그에게 답 문자를 보내면서도 여전히 유혹하는 톤을 유지했고, 다음에 만나면 제대로 하자는 말로 마무리했다.

'그러자.'

그는 키스 이모티콘과 함께 그렇게 답했다. 그것만으로도 내 희망을 다시 부채질하는 데는 충분했고, 나는 흥분감에 몸을 뒤척이며 오래도록 잠을 이루지 못했다. 도시로 돌아간 뒤 한참 동안 그와 연락이 되지 않았다. 얼마 지난 뒤 그에게서 문자가 왔다. 너무 멀리 간 것 같다고, 그렇지만 좋았다고. 하지만 이런 이중생활을 오래 이어가는 건 자신과 맞지 않는다며 그는 내가 잘되길 바란다고 했다.

'고마워. 당신도 행운을 빌게.'

나 역시 답장을 썼다. 스마일 이모티콘과 함께.

크리스토페르는 전채로 갈색송어 세비체*를 내오고, 오리 콩피를 메인으로 가져왔다. 엄마와 스테인과 나는 그에게 찬사를 보냈다. 올레아는 세비체를 좋아하지 않아서 대신 샌드위치를 먹었다. 마르테는 자기가 먹어도 될 만한 것을 만들지 않았다고 크리스토페르에게 토라져 있었다.

내가 말했다.

"임신한 많은 여자들이 생선 초밥을 먹는걸. 생선의 종류가 중요한 거야."

마르테가 대꾸했다.

"고맙지만 그런 거라면 내가 제일 잘 알아."

크리스토페르가 요리를 시작하기 전에 마르테와 대화를 나누는 걸 들었다. 마르테는 그가 준비한 식사가 너무 거창하다고 말했다.

"몇 시간이나 걸리는데 매일 모든 요리를 콩피로 할 수

---

* 익히지 않은 생선에 새콤한 맛을 가미해 만든 요리.

는 없어. 결국 내가 올레아를 봐야 하잖아."

크리스토페르가 말했다.

"올레아를 얼마나 본다고 그래."

나는 기름진 오리 다리와 오일을 바른 반지르르한 감자 그리고 버터와 타임 허브, 비네그레트소스를 뿌린 채소를 같이 먹었다. 와인도 곁들였다. 잔을 두 번 더 채웠다. 너무 많이 마신다고 생각하든 말든 상관없었다. 나와 속도를 맞추는 건 크리스토페르뿐이었다.

식사 후에 스테인이 물었다.

"이다, 연애는 어떻게 돼가?"

크리스토페르는 올레아를 재우러 갔고, 마르테는 테이블을 치우고 있었다. 나는 일어나서 돕지 않았다.

엄마가 그의 팔을 톡톡 두드렸다.

스테인이 토라진 척하며 말했다.

"아야, 그것도 못 물어봐? 이것도 '미투'에 해당되나?"

엄마는 신발을 벗고 다리를 스테인의 무릎에 올려놓았다. 그가 엄마의 발을 천천히 주물렀다. 발에는 갈색빛의 정맥이 불거져 있었다. 그 이유 때문인지 엄마는 발톱에 매니큐어를 바른 적이 없었다. 항상 쓸데없다고 말했다.

나는 엄마와 아빠를 생각했다. 마치 오래된 슬라이드를 보는 것처럼, 오래전에 우리가 내다 버린 옛날 정원 의자에 두 사람이 앉아 있는 모습을 떠올렸다. 아빠는 전기톱으로 관목 따위를 잘라내는 중이고, 잡지를 들여다보던 엄마는 소음에 한숨을 쉬며 불평했다. 결국 엄마는 잡지를 내던지고 쿵쾅거리며 안으로 들어가곤 했다.

스테인과 엄마는 서로 이를 잡아주는 한 쌍의 침팬지 같았다. 엄마는 그가 너무 덥거나 추운지 묻고, 스테인은 엄마에게 스웨터나 커피를 더 갖다줄까, 하고 물었다. 엄마가 스테인에게 아픈 허리가 괜찮은지 물으면 그는 안 좋다고, 정말 안 좋다고 말할 기회가 생겨서 반색했다. 그러면 엄마는 그를 도닥이며 카이로프랙터와 약속을 잡아야겠다고 말했다. 내가 카이로프랙터는 순 사기라고 말하자, 스테인은 자신에게는 아주 잘 맞는다고 대답했다. 나는 언젠가 엄마에게 일평생의 사랑이 누구였는지, 스테인인지 아빠인지 장난처럼 물었다. 엄마는 사람의 인생에서 단 하나의 사랑이 있는 건 아니라고, 생각보다 더 많은 사람들을 사랑할 수 있는 거라고 말했다. 그러곤 잠시 그 질문을 생각해보더니 다시 돌아갈 수 있다면, 다시

선택할 수 있다면 아빠와 같이 아이를 갖는 건 선택하지 않았을 거라고 했다.

스테인이 엄마의 무릎을 도닥이며 말했다.

"사랑에 너무 늦은 때란 없지. 우린 늦깎이 사랑꾼들이니까."

내가 말했다.

"늦깎이는 수년 후에야 커밍아웃하는 동성애자들이죠."

엄마가 쿡쿡 웃었다. 하지만 정말로 웃기다고 생각하는 것 같지는 않았다.

정리를 마친 마르테가 엄마 품으로 파고들며 말했다.

"그건 아니지."

올레아를 재우러 갔던 크리스토페르가 와인 한 상자 들고 돌아오며 마시고 싶은 사람 있느냐고 물었다.

"나."

나는 손을 들었다. 엄마와 스테인은 각자 반 잔 정도를 원했고 마르테는 무알코올 맥주를 청했다. 크리스토페르가 하나를 가져다줬다. 내가 마르테라면 크리스토페르에게 갖다 달라고 하지 않을 텐데. 나는 올레아와 훨씬 더 느긋하게 시간을 보낼 것이고, 보트에도 태우고, 낚시도 가르칠 텐데.

엄마가 내게 물었다.

"왜 그리 생글생글 웃어?"

나는 머리를 흔들었다.

"그냥 우리한테 이 별장이 있어서 얼마나 좋은가 생각하고 있었어요."

마르테와 크리스토페르가 서로를 바라보는데, 그들의 표정이 내 주의를 끌었다.

내가 물었다.

"뭔데?"

마르테가 대답했다.

"아무것도 아냐. 나중에."

내가 채근했다.

"아니, 말해."

내 목소리는 아이 같아졌다. 말해, 말해, 말해. 마르테는 콧등을 긁적였다.

"지금 이 얘기를 꺼낼 생각은 아니었는데, 크리스토페르와 나는 전부터 언니의 별장 지분을 우리가 사면 어떨까 생각하고 있었어. 별장을 우리 소유로 하려고. 어때?"

"뭐라고?"

마르테가 마치 대본을 읽듯이 말했다.

"언니는 놀러 오면 되지. 물론 사용권은 가질 수 있어. 하지만 소유권은 우리가 갖는 게 더 나을 것 같아. 곧 식구가 더 늘기도 하고 말이야."

나는 엄마에게 물었다.

"엄마도 알고 있었어요?"

엄마가 고개를 저으며 말했다.

"글쎄다, 그렇기도 하고 아니기도 하고. 마르테가 생각 중이라고 하더라. 하지만 이번엔 같이 모여서 시간을 즐기려던 거였는데."

크리스토페르가 피오르를 건너다봤다.

마르테가 무알코올 맥주를 들이켜며 말했다.

"그냥 생각해보라고."

내가 물었다.

"내가 있는 게 불편해?"

엄마가 말했다.

"이다, 불편하긴. 하지만 소유권은 그렇게 하는 게 좋지 않을까. 우리 모두를 위해."

마르테가 고개를 세차게 저으며 말했다.

"다음에 얘기해도 돼. 이렇게 나올 얘기가 아니었어."

엄마가 거들었다.

"즐거운 시간 보내려고 온 거잖니. 다음에 얘기하자."

나는 와인을 한 잔 더 마셨다. 화난 마음을 진정시키기 위해 노력했다. 나는 애써 웃으며 괜찮다고, 다음에 얘기하자고 말했다. 엄마는 곧 태어날 손주의 위치를 격상시킬 것이고, 그들은 여기서 여름을 보낼 것이다. 마르테는 엄마에게 전화를 걸어 여름에 **자기들 집**으로 놀러 오겠느냐고 물을 것이고, 그들은 여기에 나 없이 앉아 있을 것이다. 나는 여기에 없다. 이럴 줄 알았다. 마음이 가라앉지 않았는지 아직 손이 떨렸다. 다른 사람들이 알아채지 못하도록 손을 허벅지 밑에 깔고 앉았다. 그러곤 천천히 호흡을 가다듬었다. 나는 스웨덴에 가서 난자를 냉동할 것이고, 그러면 모든 게 해결될 것이다. 그런데 의사는 왜 아직 전화가 없지.

열시 반쯤 되자, 엄마는 잘 자라며 인사했다. 스테인은 자기도 곧 일어나겠다고 엄마에게 말했다. 마르테도 피곤해서 그만 쉬어야겠다며 자리에서 일어서더니 나를 잠깐 보고 다시 고개를 돌려 크리스토페르를 물끄러미 바라봤다. 그에게 더 마시지 말라고 눈빛으로 말하고 있는 듯했다. 내가 크리스토페르와 올레아와 같이 즐거운 시간을 보내는 꼴을 보고 싶지 않은 거라는 생각이 들자 화가 치밀었다.

나는 크리스토페르가 화장실 간 사이에 물었다.

"스테인, 가서 주무시지 그러세요? 엄마가 적적하겠어요."

스테인이 내게 싱긋 웃어 보이고는 의자에 앉은 채 좌우로 몸을 흔들었다. 그는 아빠와 딴판이었다. 아빠는 키가 훤칠한데, 스테인은 엄마보다 조금 더 클 뿐이고 얼굴도 노쇠해 보였다.

"오, 이다, 이다, 이다. 끼어들기를 좋아하는구나."

나는 웃음을 띠고 반문했다.

"끼어들다뇨."

"그렇지. 하지만 난 오늘은 네가 술을 그만 마셔야 할 것 같은데."

스테인에게 뭐라고 말해야 할지 도무지 알 수 없었다.

가슴속에서 울분이 치밀어 올랐지만 그래도 그를 향해 웃어 보였다.

"그건 제 마음이라는 걸 곧 알게 되실 거예요."

그가 손사래를 치며 말했다.

"알지. 난 끼어들지 않으마. 하지만 밤새 여기 앉아서 동생 남편한테 꼬리 치지는 마."

내가 말했다.

"지금 장난치시는 거죠?"

"글쎄다, 조금은."

스테인이 기지개를 켜며 덧붙였다.

"내가 장난치는 거라고 해두자. 어쨌든 난 네 제안대로 하마."

그 말을 끝으로 집 안으로 들어가면서, 밖으로 나오는 크리스토페르와 마주치자 그의 어깨를 두드렸다.

크리스토페르는 아직 자고 싶어 하지 않아, 나랑 와인을 좀 더 마시고 싶어 해. 크리스토페르와 나는 담요와 스웨터를 가져왔다. 우리는 안에 들어가지 않을 것이다. 우리는 각자의 의자에 앉아 점점 취해가고, 더 많이 깔깔 웃는다. 우리는 수년 전 텔레비전 시리즈에서 본 것들을 기억하며 웃고, 스테인과 엄마가 나누는 대화들을 흉내 내며 웃는다. 크리스토페르는 스테인을 따라 하는 내 적나라한 흉내에 웃음이 터지고, 너무 웃다 못해 눈에 눈물까지 맺힌다. 나는 흉내에 더욱 열중한다. 크리스토페르도 별장 페인트칠을 할 때 이런저런 일로 불같이 화를 내던 마르테의 목소리를 흉내 낸다. 마르테가 듣는다면 마음이 상할 만큼 기분 나쁜 말투지만 어제 마르테가 내 흉내를 냈을 때만큼은 아니다. 와인 상자는 점점 더 가벼워진다. 우리는 와인이 잘 나오게끔 병을 기울이지만 병에 얼마나 남아 있는지 알지 못한다. 하지만 상관없다. 밤은 아직 길고, 다음 날 아침까지는 몇 시간이나 남았으니까. 우리는 말한다. 마시자, 한번 시작한 건 끝을 봐야지. 나는 마음속으로 뭔가 짜릿함을 느낀다. 만족감이다. 술 마시니 좋네. 내 안의 무언가가 술로 진정되는 듯하다. 나는 이것을 원하고, 이것만을 원한다. 지금 현재의 순간에 만족했던 때가 언제였는지 기억도 나지 않는다. 그들이 내게 별장 소유권을 사려고 한다는 얘기도 하고 싶지 않고, 마르테가 내게 그걸 물은 사실도, 엄마가 그 얘기를 그들에게 했다는 사실도 생각하고 싶지 않다. 우리는 피오르의 어두운 물 위를 가르는 보트의 불빛과 저 멀리서 깜빡이는 등대의 불빛을 본다.

크리스토페르가 말했다.

"올레아를 대하는 거 보면 정말 굉장해. 이다, 이 말은 꼭 해야겠어. 당신은 정말 정말 정말 대단해."

그가 내 무릎을 토닥이는 데 몇 번이나 헛손질을 했다. 나보다 더 취했다.

내가 대답했다.

"내가 좋아서 하는 건데, 뭐."

"그럼, 물론이지. 아이씨, 어깨가 되게 뻣뻣하네."

그가 팔을 쭉 펴면서 덧붙였다.

"그래도 누구나 그런 건 아니잖아."

내가 물었다.

"올레아와 마르테 사이가 썩 좋지 않은 거야?"

그가 말했다.

"솔직히 말하면 요즘 쉽지 않은 일이 참 많아."

내가 다시 물었다.

"그게 무슨 말이야?"

그가 잠시 침묵했다. 그러고는 코를 훌쩍이더니 잔을

들어 한참을 들이켰다.

"다른 사람은 몰라도 당신한테만큼은 이런 얘길 하면 안 되지, 내가."

"누구한테도, 아무 말 안 할게."

크리스토페르가 두 손으로 얼굴을 비비며 말했다.

"후우. 그냥, 아기 문제 말이야. 애를 가지려고 시도하고 또 하고 또 하고, 그런 지가 너무 오래돼서 마지막에는 정말 지긋지긋하더라고. 이 짓은 더 못 하겠다, 싶은 거 있잖아."

"하지만 이젠 저절로 다 해결됐다며."

"그렇지. 저절로 해결됐지. 그게 우리의 현주소야."

그가 잔에 든 와인을 휘휘 돌리며 덧붙였다.

"그래서 지금 난 어떻게 해야 할지 잘 모르겠어."

내가 물었다.

"그게 무슨 말이야?"

그가 내 눈을 들여다보며 곧 왈칵 울음을 터뜨릴 듯한 표정으로 말했다.

"난 아이를 더 갖고 싶지 않아. 올레아가 태어난 다음에 헬레나와 사이가 나빠졌어. 경험해보기 전에는 얼마나 지치는지 모를 거야. 씨발, 악몽이라고. 당신은 **죽어도 모를 거야.**"

그가 두 손을 허공으로 들어 올리며 또 말했다.

"나는 헬레나와 헤어지면서 다른 사람을 만나더라도 아이는 갖지 않겠다고 다짐했어. 애가 두 살이 되기 전에 헤어지는 위험은 결코 감수하지 않겠다고. 난 애를 더 갖고 싶지 않았고, 지금도 더 **갖고 싶지 않아.**"

"그럼 어떻게 된 건데?"

그의 아랫입술이 떨렸다.

"차마 싫다고 말할 수가 없었어. 마르테에게 엄마가 될 기회를 빼앗을 순 없잖아."

"언제라도 싫다고 말할 수 있지. 마르테가 당신을 사랑한다면 그것과 상관없이 당신 곁에 남았을 거야."

나는 그렇게 말했지만 확신할 수는 없었다.

그가 눈가의 눈물을 훔치며 말했다. 그는 울고 있었고, 말도 더 빨라졌다.

"그렇지 않을걸. 마르테는 지금 임신해서 신나 있는데, 난 그냥…… 너무 초조한 거야. 잠도 안 오고, 마르테를 안고 싶지도 않아. 여름 직전에……."

그가 숨을 깊게 들이쉬더니 떨리는 목소리로 말을 이었다.

"여름 직전에 안과 크리스티안하고 저녁을 먹었는데, 알아? 우리 친구들이야."

나는 고개를 저었다.

"모르는구나. 어쨌든 마르테가 와인을 사양했더니 다들 '오, 혹시 우리한테 할 말 없어?' 그러는 거야. 임신한 사실을 비밀로 하기로 했기 때문에 우리는 그냥 웃어넘겼어. 하지만 사실 나는 내심 다시 일이 잘못되기를 **바라고** 있었어. 난 마르테를 볼 수도 없었어. 난 애를 더 낳고 싶지 않았어. 원하지 않아."

그는 몇 번이고 도리질을 했다.

내가 말했다.

"좀 더 마셔."

그가 잔을 내밀며 대답했다.

"고마워. 마르테한테는 이런 말 절대 하면 안 돼. 약속해. 내가 이런 말 하면 안 되는 건데, 절대로 해서는 안 되는 거였는데."

"당연히 아무 말도 안 하지."

"이런 말 해서는 안 되는 거였는데."

그가 다시 말했다.

"난 그냥…… 스트레스가 쌓일 때가 있어서."

우리는 잠시 둘 다 말이 없었다. 크리스토페르가 가끔씩 훌쩍거렸다. 나는 그의 손을 내 무릎 위에 올리고 손등을 감쌌다. 무슨 말을 해야 할지 모르겠다. 괜찮아질 거야, 나아질 거야, 그런 말을 해야 할 텐데.

잠시 후 그가 말을 꺼냈다.

"마르테가 별장 소유권을 사고 싶다고 얘기했을 때 당신이 얼마나 슬퍼하는지 봤어."

"세상에는 더 슬픈 일도 많은데, 뭘."

그가 내게 말했다.

"말해도 돼."

"맞아, 슬펐어."

그가 다시 말했다.

"이 모든 게 당신한테 어떨지 생각해봤어. 당신은 별로 말이 없으니까."

그가 나에 대해서 생각해보다니. 나는 터져 나오려는 흐느낌을 흉곽 안에 감추고 심호흡을 하며 말했다.

"가끔은…… 가끔은 난…… 난 그냥, 난 그저…….'

나는 간신히 말을 이었다.

"난 그냥 조금 쓸쓸해."

그러고는 더 이상 말하지 않았다. 그가 의자를 내 의자에 더 가까이 붙이고 한 팔로 내 어깨를 감쌌다. 내 코끝이 그의 티셔츠에 닿았다. 그가 입은 후드티의 부드러운 감촉이 느껴지고, 체취가 났다. 나는 두 다리를 의자 위로 당겨 앉고 아이처럼 그의 품에 기댔다.

그가 말했다.

"당신은 더 잘돼야 하는데."

내가 받아쳤다.

"이젠 내 몸의 소리에 귀를 기울이라고 할 것 같네."

그가 코를 훌쩍이고는 웃으며 말했다.

"뭐, 몸의 소리에 귀 기울이는 것도 **중요하긴** 하지."

내가 물었다.

"담요 같이 덮을래?"

"고마워."

나는 의자를 그의 의자에 더 바짝 붙이고 담요를 우리 둘의 몸 위로 당겨 덮었다. 그는 의자에 깊숙이 기대앉은 채 턱을 가슴에 붙이고 있었다. 내가 머리를 그의 어깨에 기대자 따스한 온기가 느껴졌다. 그가 당장에라도 몸을 일으키면서 그만 자러 가야겠다고 말할 것 같았지만 그러지 않았다. 그는 내 몸에 기댄 채 가만히 있었다. 나는 그의 온기와 나의 온기가 만나도록 내버려뒀다. 이런 느낌이구나. 우리는 그렇게 오랫동안 앉아 있었다. 그는 잠이 든 것 같았다. 그는 여기 있고 싶어 해, 나처럼. 나는 술에 취해 몽롱해진 정신을 가까스로 붙잡고 생각해봤다. 그는 나와 함께하고 싶은 거야. 나는 몸을 좀 더 일으켜 그의 목덜미에 코를 대고 숨을 들이쉬었다. 좋은 냄새가 났다. 그는 안전하다. 나는 한 손으로 그의 턱을 잡고 키스했다. 그의 메마른 입술은 닫혀 있었다.

"흠."

그가 눈을 깜빡이더니, 이내 고개를 흔들었다.

나는 속으로 생각했다. 그는 이걸 원해, 이걸 원해, 이걸 원한다고.

나는 그에게 다시 키스했다. 내 입술로 그의 입술을 열어보려고 시도했다. 피오르에는 낚싯배 한 척이 천천히 항해하고 있었다. 아주 멀리서 배가 수면 위를 미끄러지

듯 지나는 소리와 노랫소리가 간혹 들려왔다. 구십 년대에 노르웨이에서 히트한 여름 노래로 사람들이 고래고래 노래를 따라 부르고 있었다.

"젠장, 또 저 노래야?"

크리스토페르는 내게 하는 말인지, 혼잣말인지 모를 말을 웅얼거리더니 곯아떨어졌다.

나는 그의 가슴에 머리를 기댔다. 그는 미동도 하지 않고 잠에 빠져 있었다. 나는 그의 배를 어루만졌다. 한 손을 그의 티셔츠 안에 넣고 가만히 있었다. 조금도 춥지 않았다. 머리가 핑그르르 돌았다. 나는 구토가 올라오는데도 굴하지 않고 잠에 빠져들었다. 날이 밝아오기 시작했다.

7

나는 변기 앞에 무릎을 꿇고 앉아 손가락을 목구멍 깊
숙이 집어넣었다. 손이 온통 침에 젖고, 위가 꿈틀댔다.
눈을 감을 때마다 궤도에서 이탈하는 느낌이 들었다. 진
땀을 흘리며 경련처럼 잠시 부르르 떤 다음 속엣것을 게
워냈다. 연한 빨간색을 띠는 것으로 보아 세비체인 것 같
았다. 나는 긴 머리칼을 목덜미 뒤로 넘겨 한 손으로 그러
쥐고, 다른 손으로는 변기에 몸을 지탱하고는 경련이 날
때마다 몸을 뒤틀고 눈물을 줄줄 흘렸다. 그런 다음 도기
로 된 변기 몸체에 머리를 대고 안도감에 숨을 몰아쉬었
다. 가볍고도 텅 빈 느낌, 곧 잠들 듯한 느낌. 갓 토하고 난

뒤의 개운함은 최고다. 배에서 들었던 그 빌어먹을 노래가 머릿속을 맴돌았다. 팔을 떨구고 오랫동안 샤워를 하는데 다시 토할 것만 같았다. 나는 물의 온도를 조금 더 올리고 피부가 벌겋게 될 때까지 서서 이를 닦았다. 오늘따라 유독 늙어 보였다. 굵은 주름 두 개가 눈가에서부터 두 뺨까지 대각선으로 뻗어 있었다. 그래도 여전히 매력적으로 보이긴 했다. 나는 속으로 중얼거렸다. 밖에 나가도 괜찮아. 아무 일도 일어나지 않았으니까. 내 안에서 무언가가 흥분으로 전율했다. 내면 깊은 곳의 불온한 떨림이었다. 우리에겐 아무 일도 일어나지 않았다. 그러나 일어날 **뻔했다**. 불가능한 일이지만 일어날 뻔했다.

마르테와 엄마는 주방 식탁에 앉아 늦은 아침을 먹은 뒤 차를 마시고 있었다. 올레아는 바닥에 앉아 그림을 그렸다. 하늘이 흐리고 산들바람이 부는 날이었다. 이른 아침, 나는 정원에서 추위에 떨다가 잠에서 깼다. 크리스토페르는 나보다 먼저 일어나 들어가고 없었고, 대신 담요가 나를 감싸고 있었다. 나는 방으로 들어가 침대에 엎어져 곧바로 잠이 든 다음 몇 시간 뒤에 머리가 깨질 듯 아프고 입과 목구멍이 건조한 채 깨어났다. 그에 대한 꿈을 꾼 것 같았다. 그와 얘기해야만 한다.

나는 엄마를 끌어안으며 술 냄새가 나지 않기를 바라며 말했다.

"생신 축하드려요."

엄마도 나를 안으며 말했다.

"이다, 고맙구나."

내가 물었다.

"다른 사람들은요?"

"스테인은 선착장에 내려갔어."

마르테는 핸드폰에 시선을 고정한 채 말했다.

"크리스토페르는 아직 자고 있어."

"세상에."

나는 커피를 내리기 위해 마르테를 등지고 서서 쿡쿡 웃었다. 마르테와 마주할 자신이 없었다. 내 표정에서 뭔가를 읽을까 봐 겁이 났다. 아무 일도 없었다고, 나는 스스로를 다독였다. 아무 일도 없었어. 죄책감 느낄 일 전혀 없어. 한시라도 빨리 크리스토페르를 만나서 한 공간에서 그의 존재를 느끼고 싶었다. 우리에게 일어난 일에 대해서 얘기해야 해. 나는 속으로 생각했다. 하지만 아무 일도 없었는걸. 그래도 우리는 아무 일도 없었던 사실에 대해서 얘기를 해야 해. 아니, 어쩌면 그럴 필요가 없을지도 몰라. 우리는 아무 일도 없었다는 것을 잘 알기에 종일 눈길만 주고받을 것이다. 그러다 보트 문제를 해결하러 선착장에 같이 내려갈 구실을 찾을 것이다. 우리는 오늘 다시 술을 마시고, 다른 사람들이 자러 올라갈 때까지 기다린 뒤, 그가 **우리**가 커플이 되어야 한다고 말하면, 그런 말을 해서는 안 된다고, 마르테는 내 동생이므로 우린 안 된다고 할 것이다. 하지만 우리는 대화도 잘 통하고, 다른 누구와도 이렇게 잘 통한 적이 없으며, 우리 사이엔 특별한 게 있다고, 왜 진작 그걸 못 알아봤는지 이해할 수 없다고 말한다면 내가 어떻게 저항할 수 있을까. 그 생각만으로도 내 안에서 무언가가 차올랐다. 기쁨, 두려움. 아니야, 불가능해. 하지만 어쩌면 가능할지도 몰라. 가능하고 불가능한 걸 어떻게 제대로 알 수 있겠어.

나는 뭔가 할 말이 필요해서 올레아에게 물었다.

"올레아, 뭐 해?"

"그냥, 그림 그려요."

마르테가 말했다.

"엄마 드릴 생일 카드 만들고 있어."

내가 말했다.

"깜짝 선물일지도 모르는데 그렇게 말하면 안 되지."

"괜찮죠, 엄마?"

마르테는 웃고 있었지만, 기분이 별로 좋지 않다는 것
이 얼굴에 고스란히 드러났다.

엄마가 말했다.

"너희 둘, 그만해. 별장 문제 때문에 그러니?"

나는 올레아의 손을 잡으며 대답했다.

"아니, 아니에요."

마르테는 그저 어깨만 으쓱했다.

내가 올레아에게 물었다.

"우리 가서 아빠 깨울까, 올레아?"

올레아가 침실 문을 열며 큰 소리로 외쳤다.

"아빠!"

"내 공주님들이야?"

크리스토페르가 탁하고 게으른 목소리로 웅얼거렸다.
그러다 마르테가 아니라 나라는 것을 알아보고는 아무

말 하지 않고 올레아를 향해 얼굴을 돌렸다. 그는 티셔츠도 입지 않고 침대에 누운 채 상체만 들어 올려 팔꿈치로 지탱하고 있었다. 얼굴이 땀으로 번들거렸다. 내가 봐서는 안 되는 광경 같았다. 나는 망설이며 문가에 서 있었다.

올레아가 물었다.

"여기 왜 이렇게 냄새가 안 좋아?"

아이는 침대에 올라앉아 엉덩이를 방방 들썩였다.

크리스토페르가 말했다.

"아빠가 컨디션이 좀 안 좋아."

올레아가 믿을 수 없다는 듯 물었다.

"정말?"

크리스토페르가 대답했다.

"하지만 이젠 거의 다 좋아졌어."

그는 올레아를 끌어당겨 아이가 까르륵 소리를 지를 때까지 꼭 껴안았다.

"네가 내 단짝이야?"

그가 아이의 머리에 코를 묻고 물었다. 장난스럽고 따뜻하게. 그가 아이를 양옆으로 가볍게 흔들며 또다시 물었다.

"내 단짝이냐고."

올레아가 꽥 소리를 지르면서 대꾸했다.

"아니야아아아. 아빠한테 냄새나니까."

크리스토페르가 간지럼을 태우며 물었다.

"그럼 누가 네 단짝이지?"

올레아는 생각하는 척 인상을 쓰고 고개를 과장되게 좌우로 까딱이며 말했다.

"음, 음, 이다 이모!"

아이가 별안간 나를 가리키며 소리쳤다.

크리스토페르가 쿡쿡 웃으며 나를 올려다봤다.

"오, 정말? 나보다 더 사랑받으시는군."

그를 따라 나도 같이 웃었다.

"그런 것 같네."

그가 침대에서 몸을 일으켜 앉으며 말했다.

"올레아, 잠깐 나가 있을래? 이다 이모와 할 얘기가 있어서."

올레아가 물었다.

"비밀이야?"

"아니, 재미없는 얘기야."

"왜 내가 가야 돼?"

크리스토페르가 말했다.

"할머니 생일 때문에."

"나도 들을래!"

크리스토페르가 차분한 말투로 아이를 타일렀다.

"오늘 저녁에 무슨 요리를 할지 상의하려고. 할머니한 테 가서 아이스크림 먹어도 되냐고 물어봐."

올레아는 과장되게 발을 질질 끌며 밖으로 나가더니 문을 세게 쾅 닫았다. 나는 침대 끝에 걸터앉아야 할까 생 각하다가 그냥 서 있기로 했다. 원한다면 그가 먼저 내게 청할 테니까.

크리스토페르가 말했다.

"어젯밤엔 좀 너무 나갔지?"

나는 못 알아듣는 척하며 대답했다.

"응?"

그가 눈을 비비며 말했다.

"아니, 우선 내가 너무 취했었어."

내가 웃으며 대답했다.

"그건 맞는 말이지."

하지만 그는 따라 웃지 않았다. 그가 팔짱을 끼며 말했다.

"그래도."

나는 그를 너무 빤히 보지 않으려고 애썼다. 그의 팔에는 털이 숭숭 나 있고, 가슴에도 곱슬곱슬한 털이 많았다. 하지만 수영하러 갔을 때 그의 벗은 몸을 보는 것과는 느낌이 달랐다. 지금 우리 사이에 있는 것은 이불뿐이었다. 나는 어제 바로 저 이불 아래 누웠었다는 것을 깨달았다.

"어쨌든 내가 해서는 안 될 말을 했던 게 기억나. 난 취하면 입을 함부로 놀리는 경향이 있어."

내가 말했다.

"털어놓을 필요가 있었으니까."

그가 후후 웃었다.

"뭐, 그런가."

"난 잘했다고 봐."

나는 침대 끝에 앉으며 이불 위에 한 손을 내려놓자마자 그래서는 안 된다는 걸 깨달았다. 하지만 이제 와서 일어설 수도 없었다.

그가 마치 무언가의 키를 재듯 한 손을 들어 올리며 말했다.

"그 말이 새 나가지 않을 거라고 믿어도 되겠지?"

"물론이지. 나한텐 언제라도 얘기해도 돼."

그가 말했다.

"아니, 그 반대야. 난 술 마셨을 때 말조심하는 법을 배워야 해."

그가 손가락으로 나를 가리키더니 이렇게 덧붙였다. 그의 입가에 희미한 미소가 잠시 스쳐 갔다.

"그리고 **당신은** 술 마신 **다음에** 사람들 몸 더듬지 않는 걸 배워야 하고. 동의하지?"

"뭐라고?"

열기와 냉기가 동시에 나를 덮쳤다. 겨드랑이와 등골에 땀이 죽 흘렀다.

크리스토페르가 물었다.

"내가 무슨 말 하는지 알잖아. 이제 다시는 그런 일 없을 거야, 그렇지?"

그대로 가만히 앉아 있는데 머리와 귀에서 피가 고동치는 것 같았다. 내가 일어나서 나가지 않자 그가 나를 보며 말했다.

"이제 나도 일어날 시간이 된 거 같은데."

내가 대답했다.

"오, 물론이지, 그럼."

나는 다급히 자리에서 일어나 방을 나왔다. 목덜미에
땀이 흥건했다.

엄마와 나는 헤이아(Heia)를 향해 걸어갔다. 숲은 건조
했다. 걸을 때마다 발밑으로 먼지가 일었다. 나는 진통제
를 두 알이나 먹었다. 그리고 한 번 더 화장실 문 안쪽에
서 최대한 조용히 속엣것을 게워냈다. 이젠 몸이 나아졌
다. 나는 이 길을 잘 알고 있었다. 하얀 집을 지나면 숲으
로 향하는 오르막길이 나오고, 구불구불한 길을 따라가
면 길 가까이에 있는 빨간 집이 나왔다. 어디에서 바다
가 잠시 보이고, 어디에서 오솔길이 굽어져 숲으로 이어
지는지 알고 있으며, 크고 가파른 바위 옆으로 진 그림자
가 내 피부에 닿을 때 어떤 느낌인지 알고 있었다. 그림자
는 트롤*을 닮았다. 그 그림자 안은 늘 시원했다. 나는 숨

---

* 북유럽신화에 등장하는 거구의 괴물.

바꼭질이나 술래잡기를 하느라 암벽에 기대고 서 있을 때 내 머리를 기어가던 납작한 딱정벌레를 기억했고, 숨어서 친구들이 나를 찾기를 기다리면서 손톱으로 바위에 낀 이끼를 긁어냈던 일과 저녁에 별장으로 돌아오면 손톱 밑에 흙이 끼어서 엄마가 손톱 브러시로 내 손을 문지르던 것을 기억했다.

지금 엄마는 이 길을, 내 앞에서 걷고 있었다. 나보다 걸음이 조금 느렸지만 나이 때문이 전혀 아니었다. 엄마는 원래 내가 답답해할 정도로 행동이 굼뜬 사람이었다. 나는 걸음이 너무 느린 사람은 누구나 답답해했다. 엄마와 마르테는 둘 다 좀 나태한 데가 있었다. 엄마는 야구모자를 쓰고, 무릎 길이의 반바지를 입고, 비교적 새것인 운동화를 신고 있었다. 엄마는 상체는 말랐지만 가운데 허리 부분이 넓었으며, 한쪽 종아리에는 부정맥이 도드라져 있었다.

엄마가 나를 돌아보며 말했다.

"여기 오면 가끔 네 아빠 생각이 나. 우스운 일이지. 늘 내 별장이었는데 말이야. 너도 그러니?"

나는 아무 말도 하지 않았다. 가까이 있는 관목에서 부스럭대는 소리가 들렸다. 아마도 새일 것이다.

아빠가 돌아가셨을 때, 나는 아빠를 못 본 지 이 년이나 됐었다. 아빠는 가끔 나에게 전화를 걸어 마르테와 같이 카페에서 만나자고 했지만 나는 늘 핑계를 대곤 했다. 아빠는 내가 열세 살 때 트롬쇠(Tromsø)로 이사했다. 부모님이 이혼한 후에 몇 년 동안은 매주 수요일과 격주 주말마다 아빠 집에서 지냈다. 당시엔 그랬다. 요즘처럼 부모 각자의 집에서 반반씩 지내는 아이들을 본 적이 없다. 엄마가 아빠와 통화한 다음 화가 나거나 속상해할 때마다 나는 배 속에서 가슴까지 차오르는 차갑고 커다란 물줄기 같은 냉기를 느꼈고, 엄마에게 달려가 최대한 꼭 안아주며, 엄마를 아주 많이 사랑한다고, 아빠보다 훨씬 더 사랑한다고 말하곤 했다. 나는 엄마에게 말했다. 우린 아빠필요 없어. 또는 아빠가 죽었으면 좋겠다고 말했고, 그러면 마르테는 그런 말을 하면 안 된다고 나를 향해 꽥 소리를 질렀다. 엄마도 마르테와 같은 말을 했지만 나는 엄마의 화가 누그러졌다는 걸 알 수 있었다. 마치 엄마의 생각을 내가 말해버린 것처럼, 엄마는 언짢지만 재밌다는 듯한 반응을 보였다.

그 여자, 라고 엄마가 수화기에 대고 독기를 품은 채 내뱉는 말을 들은 다음부터는, 아빠에게 새 여자가 생겼다는 말을 다른 사람들에게 할 때마다 나도 그 여자라고 말하기 시작했다. 엄마는 아빠의 새 파트너한테 아이가 둘이나 있으며, 아빠는 새 가족을 택한 거라고 말하곤 했다. 그가 자신의 인생을 망쳤다고 아침 식사를 준비할 때마다 항상 나에게 말했다. 이젠 우리뿐이라고, 우리가 마르테를 같이 돌봐야 한다고. 아빠와 그 여자 사이가 끝나고, 아빠가 또 다른 파트너를 만나 트롬쇠로 이사했을 때나는 아빠를 방문하는 걸 거부했다. 나는 거부할 만큼 컸다. 마르테는 목에 '비동반 미성년자' 목걸이를 걸고 혼자서 비행기를 타고 아빠를 만나러 갔다. 마르테는 거부하고 싶어 하지 않았다. 엄마와 나는 한 달에 한 번, 주말에 오슬로 포르네부(Fornebu) 공항에서 마르테를 배웅했고, 엄마는 늘 작별 인사를 하며 울었다. 마르테가 트롬쇠에 가서 아플까 봐, 그곳의 의사들이 이곳의 의사들보다 실력이 나쁠까 봐 걱정하곤 했다. 하지만 마르테는 새 친구들과 즐기던 자정의 백야며, 아빠의 새 애인이 만든 라자냐를 먹었다는 따위의 이야기를 한껏 가지고 언제나 의

기양양하게 돌아왔다. 마르테가 그런 이야기를 우리에게 들려주는 동안 나는 숨을 쉴 수가 없을 지경이었다. 마르테는 아무런 불안감 없이, 밝고 경쾌한 모습으로 여행을 했고, 그건 내 모습일 수도 있었다. 하지만 나는 엄마를 위해 그럴 수 없었다. 엄마 곁에 있어야 했으니까. 하지만 마르테는 그렇게 신난 것이 엄마를 속상하게 할 수도 있다는 걸 이해하지 못했다. 간혹 공항에서 집으로 돌아오는 길에 얼마나 즐거웠는지 끝도 없이 떠들어대서 나는 마르테에게 가차 없이 날을 세웠다. 마르테가 배워 온 어색한 북부 억양을 흉내 내며 비웃기도 했다. 엄마는 놀리지 말라고 했지만 나는 엄마의 기분이 좀 나아졌다는 걸 알 수 있었다. 엄마와 나, 우리는 한 팀이었다.

나는 아빠의 새집에 한 번도 가지 않았다. 십대 시절에 나는 할머니나 엄마 친구들에게 내가 한 번도 그 집에 간 적이 없고, 갈 생각도 없다는 것을 자랑스러운 듯이 말했다. 나는 과장된 표현을 썼다. 아빠가 우리한테 한 짓을 절대 용서하지 않을 거예요. 그러면 엄마는 나를 걱정하듯이 나의 행동들을 **이다의 사춘기 반항**이라고 불렀다. 아빠가 전화를 걸 때마다 나는 아빠의 어색한 질문들에 짧게 한마디로만 대답했다. 얼마 후부터 아빠에게 전화가 걸려 오는 빈도가 훨씬 줄어들었고, 우리는 아빠가 이 부근에 올 때 가끔 만나 커피 한잔을 마실 뿐이었다. 더 커서도 마르테는 자연스레 아빠를 껴안았고—그것이 아빠를 너무나 행복하게 한다는 걸 나도 잘 알고 있었다—나는 성질 고약하고 삐딱한 사춘기 아이처럼 그를 대했다. 마르테는 계속 트롬쇠로 놀러 갔고, 나는 그 모든 것에 대해 실망감을 느꼈다. 어쩌면 나도 똑같이 할 수 있었을지도 모른다는 아쉬움이 남았다. 갑자기 안 하던 짓을 하면 이상하게 생각하겠지만. 그러다 아빠가 암에 걸렸다. 췌장암이었다. 우리가 몇 달째 대화를 안 하고 지내던 시기였다. 마르테는 북쪽으로 올라가 아빠를 만났고, 집에 돌아와서는 나도 가서 봐야 한다고, 안 그러면 후회할 거라고 했다. 나는 그렇게 안 좋기야 하겠느냐고 생각했다. 나아지겠지. 가기 전에 생각 좀 해보자. 난 아직 준비가 되지 않았으니까. 내가 고민에 빠져 지내는 동안, 아빠의 아내가 마르테에게 전화를 걸어 아빠가 죽었다는 소식을 전했다.

헤이아 꼭대기에서 엄마와 나는 풍경을 내려다보며 피오르 건너편에 있는 집들을 가리켰다. 산책을 나온 사람들이 몇몇 보였다. 나보다 나이가 조금 더 많아 보이는, 운동용 레깅스와 크롭 티셔츠를 입은 한 여자가 피오르를 배경으로 자신과 세 아이와 개 한 마리를 카메라 앵글 안에 넣으려고 애쓰고 있었다. 여자가 무릎을 꿇고 앉아 한 손으로 핸드폰을 높이 들고 있었고, 큰 아이 둘은 엄마 뒤에 서서 브이 자를 그리고 있었다. 그러곤 다 같이 사진을 확인했다.

남자아이 하나가 말했다.

"말린까지 안 나와요."

내가 물었다.

"제가 찍어드릴까요?"

여자가 나에게 핸드폰을 건네며 말했다.

"오, 그래주시면 고맙죠."

나는 핸드폰 화면에 담긴 그들을 봤다. 역광이라 얼굴이 어둡게 나올 것 같았다. 여자가 제일 어린 딸아이에게 손을 뻗으며 말했다.

"너도 이리 와, 말린. 이젠 완전체네."

제일 어린 여자아이가 말했다.

"근데 바람이 불어서 내 머리가 다 날려. 못생기게 나올 거야."

여자가 말했다.

"머리카락 날리는 건 다들 마찬가지야. 별일 아니야."

여자아이가 앵글 밖으로 빠져나가며 고함을 쳤다.

"난 안 찍을래."

나는 여자의 핸드폰을 든 채 가만히 서서 기다렸다.

"어서. 아무것도 아닌 일로 애먹이지 말고."

여자아이는 울음을 터뜨리기 일보 직전이었다.

"씨발, 안 찍는다고!"

욕설이 주위로 울려 퍼졌다. 분홍 운동화를 신은 여자아이는 몸이 호리호리했고, 아홉이나 열 살쯤 되어 보였다. 여자아이의 오빠들은 고소한 듯 입을 실룩였다. 나는 어디를 봐야 할지 몰라 시선을 다른 곳으로 돌렸다.

여자가 말했다.

"말린! 그만해."

오빠들이 거들었다.

"말린, 바보짓 좀 작작 해."

그들이 다시 웃음을 지었고, 나는 사진을 찍고, 한 장더 찍었다. 자, 됐습니다. 내가 사진을 보여주며 말하자여자는 활짝 웃으며 고맙다고 했다. 나는 그 여자가 딸의못된 말버릇을 혼내기를 기다렸지만 그녀는 그냥 내버려뒀다. 엄마와 나는 내려오는 길에 그 일에 대해 이야기하며 웃었다.

"난 꼬마가 안쓰럽던데. 하지만 보통이 아니야. '말괄량이 삐삐' 같은 데가 있어."

"맞아요."

나는 대답하면서도 아이가 전혀 안쓰럽지 않다고 생각했다. 나는 그저 그 아이의 오빠들처럼 화가 날 뿐이었다. 마치 내가 그 애의 오빠인 것처럼. 여자아이가 제 머리만걱정하며 징징대고 짜증 내며, 버릇없이 행동하여 지나가던 모르는 두 여자를 포함하여 모두의 시간을 낭비한데 대해서. 나는 이런 짓은 한 적이 없어. 나는 속으로 생각했다. 나라면 엄마가 시키는 대로 했을 테고, 사진을 찍어주는 여자에게 웃어 보였을 것이다. 그리고 내 여동생이 혼나는 걸 조용히 지켜보며 고소해했을 것이다.

핸드폰에 전화 한 통이 와 있었다. 스웨덴 번호였다. 방문을 닫고 전화를 거는데 입 안이 쩍쩍 마르고 손바닥에서 맥이 빨리 뛰었다. 교환원이 전화를 받자 융스테트 박사가 내게 검사 결과를 알려주기 위해 전화를 했었다고 알려주었다. 내가 그와의 연결을 요청하자 스웨덴 교환원이 말했다. 통화 가능하신지 확인해보겠습니다.

의사와 연결이 되고, 내 이름을 얘기하는데 심장과 두 귀에서 맥박이 쿵쾅댔다.

"여보세요."

그가 말했다.

"여보세요, 이다."

그는 이번에도 스웨덴식으로 내 이름을 발음했다. 전에 병원에서 진료받았을 때처럼.

그가 물었다.

"이다, 잘 지내나요?"

"잘 지내고 있어요. 감사합니다."

그가 또 물었다.

"여름 잘 보내고 계시죠?"

"네, 덕분에요."

"아름다운 집들을 설계하면서요?"

나는 초조한 듯 방 안을 서성이며 대답했다.

"아, 그럼요."

수화기를 통해 들리는 그의 목소리가 좀 불분명했지만 검사 결과가 나왔고, 안타깝지만 결과가 그리 좋지 않다고 말하는 것 같았다.

"솔직히 말하면, 제 생각에는……."

그다음에 그가 한 말은 알아들을 수가 없었다.

내가 말했다.

"죄송하지만 방금 하신 말씀은 잘 못 들었는데요."

그가 반복해서 말했지만 여전히 무슨 말인지 알아들을 수가 없었다.

"죄송해요, 한 번만 더 말해주세요. 제가 정확히 들은 건지 확인하고 싶어서요."

그는 내게 냉동할 만큼 난자가 충분하지 않다고 말했다. 정확히 그런 표현을 쓰진 않았지만 스웨덴어로 대략 그런 뜻이었다. 이번에는 단어를 모두 알아들을 수 있었다.

"아, 그렇군요."

나는 창밖을 내다봤다. 전에는 보지 못했는데 새똥이

유리창에 묻어 있었다. 갈매기들이란. 피오르에 요트가 지나갔다. 거대한 돛을 단 배였다. 배 이름이 뭘지, 누가 타고 있을지, 어디로 가는지 궁금했다.

그가 물었다.

"제가 너무 직설적이었나요?"

"아니에요. 직설적인 게 더 좋습니다. 받아들일 수 있어요."

"하지만 가능할 수도 있다고 생각하셨겠지요. 아직 마흔이니까요."

나는 울고 싶지 않았고, 울 이유도 없었지만 갑자기 울기 시작했다. 그에게도 내 울음소리가 들렸을 것이다. 목소리가 잠겼고, 코 막힌 소리가 났다. 이렇게 되리란 걸 전혀 짐작하지 못하고 있었다는 게 너무나 명백했다. 이런 결과를 마주하고서야 내 나이가 마흔인데 왜 그 생각을 못 했는지 이해가 되지 않았다.

그가 말했다.

"안타깝습니다."

그는 초음파검사를 하는 동안 난자 수가 적다는 걸 알아챘지만 검사 결과가 나온 다음에 얘기하는 게 낫겠다는 결정을 했다고 한다. 그는 말을 이어갔다. 냉동하기에 가능성이 충분한 난자를 얻기 위해서는 호르몬 치료를 몇 번이나 해야 하는지에 대해 말하더니, 의학적 소견으로는 권장할 수 없고, 게다가 가격도 비쌀 거라고 했다. 나는 말을 끊고 내가 임신할 가능성이 있긴 한지 물었다. 그는 주저하며 말했다.

"작은 가능성이야 언제나 있지요. 생리가 주기적이기만 하다면요. 하지만 아이는 서른에는 낳아야 해요. 누구나 그렇게 할 수 있는 건 아니지만요. 다들 그러다가 너무 오래 끌었다고 별안간 현실을 자각하는 거죠. 정말 너무 슬픈 일이지만 이런 일들이 간혹 일어나요."

8

우리는 생일 저녁 식사를 위해 주방 식탁에 둘러앉았다. 정원에 앉기에는 바람이 너무 불었다. 해동할 새우를 접시에 담아 주방 싱크대 위에 꺼내놓았다. 크리스토페르가 시내까지 나갔지만 마트에는 신선한 새우가 동이 나고 없었다. 그는 운전할 만한 상태였을까? 그는 나와 눈도 마주치지 않고, 소파에 앉아 책을 보며 올레아와 가끔 얘기를 나눌 뿐이었다. 아이에게서 아이패드를 빼앗으며 다른 책을 찾아 소리 내어 읽어줬다. 나는 주방을 어슬렁거리며 식탁을 차리고 와인잔을 사람 수에 맞게 내놓았다.

나는 의사와 통화를 마치자마자 침대에 누웠다. 많이
는 아니고 조금 울었는데 흐느낌이 터져 나오기에는 가
슴이 너무 답답하고 공기가 부족했다. 나는 숨을 깊고 고
르게 쉬려고 노력했지만 짧은 숨을 간신히 내뱉을 뿐이
었다. 마치 누군가 그 자리에 서서 내 흉곽을 짓누르고 있
는 듯이. 열이 나는 걸까. 나는 와들와들 떨며 옷을 껴입
고 이불을 끌어당겨 덮었다. 나는 결국은 더 누워 있지 못
했다. 화장실에 서서 숨쉬기 연습을 검색한 뒤, '스퀘어
호흡법'이라는 숨쉬기를 시도했다. 들숨마다 흐느꼈고,
너무 추워서 샤워를 해야 했다. 나는 따뜻한 물을 맞으며
한참 동안 서 있었다.

우리는 주로 올레아를 위해 엄마에게 생일 축하 노래
를 불러줬다. 엄마도 따라 불렀다. 마르테와 크리스토페
르와 스테인은 큰 소리로 노래를 불렀고, 나는 아직 숨쉬
기가 힘들어 조용히 불렀다. 나는 결코 누군가의 엄마가
되지 못할 것이고, 내가 예순다섯이 되었을 때 내게 노래
를 불러줄 장성한 자녀도 없을 것이며, 누군가의 할머니
도 되지 못할 것이고, 크리스마스를 함께 보낼 손주들도
없을 것이다. 내 안에 텅 빈 동굴이 열리는 것 같았다. 나

는 거대하고 검은 텅 빈 공간을 바라보며 노래를 불렀다. **사랑하는 우리 엄마, 생일 축하합니다.** 나는 이런 기분은 결코 알지 못할 것이다. 너무 늦었다. 스퀘어 호흡법을 떠올렸다. 들이쉬고 내쉬고, 위를 보고 내쉬고 오른쪽을 보고 들이쉬고, 아래를 보고 내쉬고 왼쪽을 보고 들이쉬고. 다른 이들이 얘기하느라 바쁜 동안, 나는 이걸 몇 번이나 반복했다.

우리는 엄마의 건강을 위해 화이트와인으로 건배했다. 크리스토페르가 올레아에게는 콜라를 따라줬다. 그는 나와도, 마르테와도 눈을 맞추지 않았다. 나는 평생 내 아이에게 콜라를 따라줄 수 없을 것이다. 나는 별장으로 아이들을 찾아오지도 못할 것이고, 아무도 나를 찾아오지 않을 것이다. 손가락 씻는 그릇의 물이 뿌옇게 변했고, 새우 더듬이가 물 위에 떠 있었다. 새우를 까는 내 손이 떨렸다. 새우가 아주 실하고 크다고 칭찬하는 내 목소리가 귀에 들려왔다.

스테인이 말했다.

"새우는 원래 일월과 이월에 최고야. 물이 제일 차가울 때."

나는 새우 몇 마리를 빵 한 조각에 나란히 올리고 맨 위에 마요네즈를 제트 모양으로 짜서 올렸다. 그런 다음 레몬즙을 그 위에 뿌리고 손가락을 레몬 조각에 문질렀다. 하지만 오픈 샌드위치의 반밖에 먹지 못했다. 나머지 먹지 않은 부분은 내려놓았다. 나는 우리가 여기서 새우를 먹던 모든 기억을 떠올렸다. 내가 어린 소녀였을 때 아빠는 날 위해 새우를 까주곤 했다. 내 빵 조각 위에 새우를 쌓아주던 기억이 아프게 남아 있었다.

나는 나이프로 잔을 댕댕댕 두드렸다. 나는 페파 피그*에 대해 큰 소리로 열을 올리는 올레아와 스테인의 말소리 때문에 한 번 더 잔을 두드려야 했다. 크리스토페르가 그들을 조용히 시켰다. 엄마는 두 손을 무릎에 가지런히 모으고 기대감에 턱을 내밀며 빙그레 웃었다. 몇 마디 하겠다고 식탁에서 일 미터도 안 되는 거리에 서 있는 게 어색했다. 이 자리엔 우리 여섯 사람뿐이지만 연설하는 사람은 응당 그래야 한다는 듯 격식을 차려 공손한 태도로 그들을 대했다.

---

* 영국에서 제작된 유아 대상 애니메이션.

나는 몇 단어를 끄적거린 종잇조각을 부스럭대며 말했다.

"사랑하는 엄마, 엄마가 예순여섯이라니 말도 안 돼요. 얼마나 젊어 보이는지 마르테와 나는 언제나 좋은 유전자를 물려받았겠다는 말을 들어요."

나의 호흡은 거의 정상으로 돌아와 있었다. 두 뺨도 다시 따뜻해졌다. 크리스토페르는 얼굴에 미소를 띠고 있었고, 스테인은 엄마를 뿌듯하게 바라봤다. 마르테는 내가 말하는 동안 올레아를 위해 새우를 까서 접시에 올려주었다. 하나, 둘, 셋, 네 마리.

내가 계속 말했다.

"나이란 재밌는 녀석이에요. 엄마가 그 카드를 받았을 때 생각이 나요. '인생은 사십부터.' 팔십 년대에는 사람들이 그런 걸 재밌어했지요. 기억나세요?"

엄마가 말했다.

"잘 기억 안 나."

"카드에 로켓인가 그런 그림이 있었어요. 기억 안 나요? 그렇군요. 그리 중요한 얘기는 아니에요. 하지만 어쨌든 제가 어렸을 때는 그 카드를 보고 마흔 살이 되는 게 정말 신나는 일이라고 믿게 됐어요."

스테인은 껄껄 웃었다. 크리스토페르는 아주 잠깐 미소를 띠었다. 나는 키워드를 써둔 쪽지를 내려다봤다. 나는 이것을 마르테와 엄마와 나에 대한 포근한 얘기로 바꿀 계획이었다. 나도 엄마와 똑같이 씩씩한 예순다섯 살이 되기를 기대한다며 엄마에게 다소 아부를 한 다음, 그들이 결국 못 듣고 말았던 그 인용구로 끝을 맺으려 했다. **다시 시도하라, 다시 실패하라, 더 잘 실패하라.** 하지만 내 손글씨를 보고 있자니 전혀 말이 안 되는 것 같았다. 우리는 서로를 잘 알긴 할까. 착한 소녀 이다, 잘 안기는 마르테, 우리는 매년 여기 와서 똑같은 일을 한다. 우리는 어떻게 현재의 우리가 되었는가. 더 잘 실패하라는 건 무슨 말인가. 왜 나는 엄마에게 더 잘 실패하라고 말하는가. 도무지 말이 안 된다. 실패는 하든가 아니면 안 하든가 둘 중 하나이고, 실패한 것은 엄마가 아니다.

"그러니까, 어쨌든 생일 축하드려요."

나는 잔을 들며 말했고, 누군가 그게 다냐고 물을 겨를도 없이 건배했다. 그리고 다시 자리에 앉았다. 엄마는 어리둥절해했지만 나를 향해 웃어 보였다. 마르테는 이마를 찡그렸다.

스테인이 손뼉을 쳤다.

"이다, 이다, 이다, 좋았어."

나는 올레아의 접시에 새우를 하나씩 올려주는 마르테의 손을 봤다. 마르테의 손가락은 나보다 짧고 통통했다. 마르테는 손톱을 물어뜯었다─옛날부터 줄곧 그랬다. 새우의 머리를 비틀어 떼고 등을 꾹 누르고 꼬리를 따고 껍질을 벗기는 손가락을 보다가 내 접시의 새우 몇 마리를 집어 올레아의 접시에 올려놓았다.

마르테가 물었다.

"뭐야?"

"올레아가 좋아할 거 같아서. 애가 기다리는 시간을 줄여주잖아."

마르테가 신경질적으로 말했다.

"이젠 내가 새우 까는 속도까지 문제 삼을 셈이야?"

나는 두 손으로 빵 한 조각을 들고 크게 한 입 베어 물었다. 새우는 잘 구워졌다. 식감이 탱탱했다. 마르테는 엄마와 크리스토페르를 번갈아 보더니 기가 막히다는 듯 풋, 하고 웃었다.

나는 빵을 내려놓고 웃음을 띤 채 말했다.

"내가 올레아한테 새우 두 마리 준 게 그렇게 잘못됐어?"

크리스토페르가 한 손을 내저으며 말했다.

"제발 좀!"

올레아가 그의 한 팔에 안긴 채 머리를 묻었다. 내가 어젯밤에 그랬던 것처럼.

내가 말했다.

"알았어. 내 생각엔 마르테가 호르몬 때문에 저러는 거 같아."

스테인이 쿡쿡 웃자 엄마는 그에게 짜증 난 듯한 눈길을 쏘아 보냈다.

마르테는 입을 꼭 다물더니, 의자를 시끄럽게 뒤로 밀치고 벌떡 일어섰다.

"내가 왜 이런 소릴 듣고 있어야 하는지 모르겠어."

엄마가 손을 내밀며 말했다.

"마르테, 가지 마."

마르테는 엄마의 팔을 밀쳐내고는 방으로 들어간 뒤 문을 쾅 닫았다. 엄마가 나를 건너다봤다.

"나 참!"

나는 어느새 숨이 가빠지고, 별안간 지독한 분노가 솟구쳐 오르는 걸 느꼈다.

"고작 새우 두 마리였다고요! 나도 여기 존재할 권리가 있잖아요, 임신을 했든 안 했든!"

엄마가 말했다.

"누가 임신했는지가 중요한 게 아니잖아."

스테인은 다시 새우를 한 줌 접시에 담았다. 그는 첫 오픈 샌드위치를 이미 다 먹었다. 크리스토페르가 나를 빤히 봤고, 나도 같이 노려봤다. 그는 고개를 절레절레 흔들었다.

그가 아이의 머리칼을 헝클어뜨리며 물었다.

"올레아, 새우 더 먹을래?"

"새우 안 먹을래."

올레아가 여전히 접시에 시선을 떨군 채 그에게 속삭였다. 접시 위의 새우는 손도 안 댄 채 남아 있었다. 크리스토페르가 빵에 간(肝) 파테를 발라 먹겠느냐고 묻자 아이가 고개를 끄덕였다. 올레아는 스테인과 엄마와 나와 함께 앉아 식탁 위를 바라보고 있었다. 우리 중 누구도 이

아이의 가족이 아니구나, 하고 나는 생각했다. 아이가 고개를 숙이고 있는 모습을 보자 갑자기 울고 싶어졌다. 아이는 여기에 속하지 않았다.

내가 말했다.

"걱정 마, 올레아. 어른들도 가끔은 말다툼을 하거든. 그러다가 다시 화해도 하고."

아이는 테이블 너머로 나를 바라보며 부탁했다.

"마르테한테 가서 얘기할 수 있어요? 우리 다 같이 즐겁게 지내자고요."

"고작 **새우 두 마리** 때문에 갑자기 혼자 뚜껑 열린 건 마르테라고."

마르테는 신발도 벗지 않은 채 해먹에 앉아 있었다. 다리를 구르자 해먹이 앞뒤로 흔들렸다. 한 손은 배에 올리고 있었다. 울고 있었는지 내가 다가가자 허리를 곧추세우고 앉더니 얼굴을 비볐다.

나는 다정한 말투로 물었다.

"왜 그래?"

마르테가 되물었다.

"왜 그러냐고? 언니가 나를 괴롭히잖아."

"그뿐만은 아닌 거 같은데."

마르테가 흐느끼며 숨을 깊이 들이쉬었다.

"그냥 좀 힘들어. 크리스토페르하고 말이야."

나는 해먹의 반대쪽으로 올라가 다리를 접어 넣었다. 두 사람이 앉을 공간은 없었지만 다리를 굽히면 그럭저럭 두 명이 들어갈 수 있었다. 해먹이 뒤집힐 것 같아서 우리는 해먹이 앞뒤로 흔들리며 리듬을 찾을 때까지 가장자리를 꽉 붙잡았다. 우리는 항상 이렇게 앉곤 했다. 그 흔들림에, 나는 다시 가슴이 먹먹해졌다. 똑같은 소나무와 벚나무와 똑같은 해먹이다. 이 정원은 언제나 똑같아서 답답한 데가 있었다. 주변은 똑같은데, 나는 날마다 더 늙어가면서 그냥 여기에 있는 것이다.

"내게 완전히 흥미를 잃었어. 그냥 올레아만 데리고 다니고, 날 쳐다보려고 하지도 않아."

"아……."

마르테가 다시 말했다.

"여기서 나아지지 않으면 큰일이야. 아기가 태어나면 말이야. 왜 그러는지 모르겠어. 우울증인지 뭔지."

내가 입을 열었다.

"내가 이 말을 해도 될지 모르겠는데……."

마르테가 궁금한 듯 물었다.

"무슨 말?"

우리는 해먹을 앞뒤로 움직이며 그네처럼 탔다. 천천히, 천천히, 나뭇가지들이 삐걱거렸다. 이렇게 앉아 있으니 내가 해먹 그네를 너무 세게 타서 마르테가 꽥 소리를 지르던 일이 생각났다. 가끔 마르테는 한참 그네를 타는 중에 빠져나가려다 앞으로 고꾸라지곤 했었다. 혀끝에서 말들이 맴돌며 내 입술을 빠져나가려 했다. 말들은 달콤하고 어둡다. 마르테도 알아야지. 혼자서만 아닌 척한다고 될 일이 아니잖아. 자매라면 이런 건 서로 말해줘야 하는 거라고 나는 속으로 생각했다. 말해줘야만 한다고. 이런 건 불편하더라도 말해줘야 하는 거라고. 나는 자세를 바르게 하고 앉았다.

"네가 알아야 하는 종류의 일이야. 어젯밤에 우리 술 마실 때 크리스토페르가 말했어. 아이를 더 낳고 싶지 않다고."

마르테가 물었다.

"그게 무슨 말이야?"

"크리스토페르는 두려워하고 있어. 전 애인과도 올레아가 생기면서 관계가 틀어졌대. 네가 임신한 걸 끔찍하게 생각해."

마르테가 해먹에서 자세를 바꾸며 말했다.

"무슨 소리야. 임신했다고 얼마나 좋아했는데."

내가 대답했다.

"마르테, 네가 나한테 화난 거 알아. 하지만 나라면 내 남편이 그런 감정이라면 알고 싶을 거 같아."

마르테가 물었다.

"그런 감정이라니, 정확히 어떤 감정이라고 생각하는데?"

"내가 생각하는 게 아니고, 크리스토페르가 말했어. 여름이 오기 전에 크리스티안하고 안이라고 했나, 너희와 친한 커플하고 저녁을 먹었고 너한테 와인을 줬는데 네가 싫다고 했더니 사람들이 추측하기 시작했다며. 그때 크리스토페르는 네가 유산하길 바라는 생각밖에 안 들었다고 하더라고."

마르테가 눈을 심하게 깜빡이며 제 두 손을 내려다봤다.

내가 말했다.

"분명히 크리스티안하고 안이라고 했어."

마르테가 웅얼거렸다.

"맞아. 그 사람들하고 저녁 먹으러 갔었어."

나는 다리를 긁으며 말했다. 모기에 물린 자국이 커다랗게 부풀어 올랐다. 나는 있는 힘껏 다리를 긁었다.

"네가 이런 대접을 받아선 안 된다고 생각해."

마르테가 물었다.

"그 사람이 왜 언니한테 그런 얘길 했지?"

마르테의 얼굴은 마치 물리적인 통증이라도 있는 듯이 찡그린 채로 굳어져 있었다.

"얘기할 사람이 필요했나 보지. 우린 술을 많이 마신 상태였어. 나도 마음이 불편했다고. **이거 봐요, 나한테 이런 얘기 하면 안 되는 거 같은데**, 이렇게 생각했다니까."

나는 집 쪽을 올려다봤다. 크리스토페르가 문 앞에서 우리를 내려다보고 있었다. 왜 집을 하얀색으로 칠했담. 그냥 노란색으로 둘 순 없었나?

나는 거듭 말했다.

"마음이 얼마나 불편했다고."

마르테가 다리를 밖으로 빼고 해먹에서 내려가는데 눈물이 폭포수처럼 쏟아졌다. 쿵쿵거리며 풀숲을 가로질러 크리스토페르를 지나쳐 갔다. 그가 팔을 뻗어 마르테의 손목을 잡자 홱 뿌리치고는 지나쳤다. 그는 나를 건너다본 다음, 안으로 따라 들어갔다. 나는 땅을 박차고 다시 속도를 냈다. 내 안에서 무언가가 떨렸다. 횡격막 부근의 무언가가 타는 듯한 속이 거북한 느낌이었다. 그러곤 다시 누워서 양옆으로 흔들리는 해먹 안에서 위를 올려다봤다. 해먹에서는 흰곰팡이 냄새가 났다. 해먹은 내 나이만큼이나 오래되었을 것이다. 해먹은 비스킷과 주스, 『도널드 덕』만화책과 '스캠프'니 '빅 배드 울프*'가 나오는 이야기들, 베일 만큼 날카롭게 웃자란 풀잎들을 떠올리게 했다. 집 안에서 시끄러운 소리가 나고, 정원으로 나가는 문이 열리더니 말소리가 똑똑히 들렸다. 그러곤 잠시 후, 빠른 발걸음으로 자갈길을 밟는 소리, 차에 시동 거는 소리가 들렸다. 나는 가만히 누워서, 맑은 정신으로 모든 소리에 귀를 기울였다. 귀에서 맥박이 고동쳤다.

---

* 월트디즈니 애니메이션에 등장하는 캐릭터들.

9

한 시간이 지났는데도 마르테는 돌아오지 않았다. 나는 소파에 앉아 올레아와 같이 어린이 방송을 봤다. 아이는 말없이 안절부절못하고 있었다.

엄마가 눈을 들어 창밖을 살피며 말했다.

"마르테가 저렇게 흥분한 상태로 나가서 운전하고 있는 게 불안해. 차가 도로에서 이탈할 수도 있어."

엄마와 스테인은 식탁에 퍼즐을 올려놓았다. 이번에 가져온 것으로, 독일에 있는 디즈니 스타일의 성(城)이다. 두 사람이 함께 퍼즐 맞추는 걸 좋아한다고 엄마가 우리에게 말한 적이 있었다. 마르테가 전화를 받지 않고, 엄마가 계속 불안해하자 스테인이 신경 건강에 좋다며 천 피스짜리 퍼즐 상자를 가지고 왔다.

나는 아까 했던 말을 다시 했다.

"괜찮을 거예요. 최악을 상상하는 건 좀 그만합시다. 차드실 분?"

엄마가 고맙다는 듯 미소를 띠며 말했다.

"좀 다오."

내가 엄마의 어깨를 토닥이자, 엄마는 내 손등을 쓰다듬더니 꼭 쥐었다. 스테인도 차를 원했다. 우리는 해안 마을에 있는 빵집에서 산 마지팬*과 장미 장식의 생일 케이크를 좀 먹었다. 나는 접시를 치우고 남은 마지팬을 휴지통에 쓸어 넣었다.

엄마가 물었다.

"크리스토페르한테도 물어볼 거니?"

우리는 창밖을 내다봤다. 크리스토페르는 등을 보인 채 나무덱에 앉아 있었다. 핸드폰을 귀에 대고 있다가 내려놓더니 문자를 보내는 것 같았다.

---

* 설탕·달걀·밀가루·호두와 으깬 아몬드를 섞어 만든 과자.

내가 말했다.

"아직 마르테에게 연락 중인 모양인데, 마르테가 전화를 받지 않는 거 같아요."

올레아가 듣지 못하도록 엄마가 속삭였다.

"너 참 기분이 안 좋았겠다."

나도 같이 속삭이며 찻주전자에 물을 부었다.

"안 좋았죠. 하지만 마르테가 당연히 더 안 좋았겠죠."

"그런 고백을 그렇게 하다니. 아휴, 가엾은 마르테."

"크리스토페르가 그렇게 나온다 해도 우린 그냥 최선을 다해야죠. 올레아 잘 챙기고요."

스테인이 안경 너머로 우리를 물끄러미 보더니 퍼즐 조각 하나를 찾아 제자리에 넣었다. 나는 그를 보고 싶지 않았다. 겨드랑이에 땀이 솟았다. 저 사람은 아무것도 몰라. 나는 속으로 생각했다. 그는 마르테에 대해서도, 나와 엄마에 대해서도 아무것도 모른다. 그도 여기에 있을 사람이 아니다. 나는 점점 격앙되었다. 왜 저 사람이 여기 있어야 하지? 저 사람도 그냥 가버렸으면.

나는 엄마와 스테인에게 차를 건네고 올레아에게는 그릇에 시리얼과 우유를 부어준 다음 아이 곁에 앉았다. 텔레비전의 아동 프로그램이 끝나고 오늘 늦은 시간에 방영될 여름 토크쇼 광고가 나왔다. 진행자가 활짝 웃고 있었는데, 너무 활짝 웃은 게 아닌가 싶었다. 마치 다른 사람들보다 치아가 더 많은 것처럼 보였다. 그녀는 카메라를 똑바로 보며 눈을 게슴츠레 뜨고 웃고 있는 셰프 옆에 서 있었다. 그는 요리사 모자를 쓰고 흰 앞치마를 둘렀다. 카메라는 새우를 넣은 분홍빛 수프를 담은 팬을 비추고 있었다. 오슬로의 피오르와 아케르 브뤼게(Aker Brygge)가 배경으로 보이자, 나는 스튜디오가 어디에 있는지 추측해봤다. 아마 아케르스후스(Akershus) 요새 부근인 것 같았다.

진행자가 팬을 내려다보며 말했다.

"이것 좀 보세요."

셰프가 맞장구쳤다.

"맞아요. 이제 거의 다 됐어요."

내가 물었다.

"올레아, 우리 잘 준비 할까?"

올레아는 화면에서 눈을 떼지 않은 채 도리질을 했다. 나는 한 손으로 아이의 발을 쥐고 문질렀다. 맨발이 좀 찼다. 곰 인형처럼 둥글고 보드라운 맨발이 내 손에 놓여 있었다. 나는 아이가 까르르 웃으며 발을 뺄 때까지 발바닥을 손가락으로 쓸어보았다.

내가 물었다.

"마르테하고 아빠가 다투는 게 보기 힘들었구나?"

아이는 아랫입술을 쭉 내밀며 속삭였다.

"조금이요."

내가 제안했다.

"그럼, 자기 전에 우리 둘이 보트 타고 잠깐 나갔다 올까? 낚시 어때?"

생기가 오른 올레아가 나를 올려다보며 말했다.

"낚싯대로요?"

"줄낚시. 직접 하게 해줄게. 뭐가 잡힐지 보자."

올레아가 물었다.

"큰 보트 타도 돼요?"

내가 대답했다.

"물론이지."

"좋은 생각이구나."

엄마가 퍼즐 너머로 올레아에게 윙크하더니 우리 둘을

보고 웃었다. 이런 모든 일이 어쩐지 너무도 옳다고 느껴졌다. 지금은 내가 어른이다. 난 이런 일에 능하다. 내 어조는 차분하고 친절하고 익숙하다. 이래야 한다. 나는 복도 벽에 걸린 올레아의 구명조끼와 운동화와 외투를 찾은 다음, 신이 나서 구명조끼를 입고 서 있는 아이를 봤다. 왠지 스스로에게 기특한 마음마저 들었다. 봤지, 마르테. 넌 할 수 있어. 이걸 해야 할 사람은 바로 너라고.

우리는 선착장으로 가는 길에 크리스토페르를 지나쳐 가야 했다. 그는 나무덱에 앉아 담배를 피우고 있었다. 옆에는 빈 커피 잔을 두고, 한 손에 핸드폰을 움켜쥔 채 울고 있었다. 낚시 도구와 양동이를 들고 지나쳐 가는데 그가 올려다봤다.

"애 잘 시간이야."

"자기 전에 잠깐 보트 타고 나갔다 오면 좋을 거 같다고 생각했어. 올레아도 그렇게 생각하고."

올레아가 기어드는 목소리로 말했다.

"내가 직접 줄낚시를 할 거야."

올레아는 줄낚시가 뭔지 알긴 하는 걸까.

크리스토페르가 이를 악물며 내게 말했다.

177

"그건 당신이 결정할 게 아니지."

올레아가 내 곁에서 얼어붙었다. 얼굴빛이 붉으락푸르락하고 낯선 표정을 한 그의 모습이 아이에게 무섭게 보이는 것이다.

아이가 내 손을 잡아당기며 웅얼거렸다.

"낚시하러 **안 가도** 돼요."

내가 말했다.

"당연히 가야지, 가자."

피오르를 가로질러 보트를 몰았다. 바다는 잿빛이었고, 남아 있던 저녁 해도 저물어갔다. 평소처럼 나와 있는 배들이 많지 않은데도 보트 조작이 원활하지 않았다. 올레아는 배를 깔고 갑판에 엎드려 한 팔을 보트 밖으로 뻗고 있었다. 물결이 차오를 때마다 아이의 팔을 적셨다. 올레아는 내 쪽을 자꾸 돌아다보며 웃어 보였다. 저렇게 엎드려 있을 때의 기분이 어떤지 기억하고 있다. 한 귀를 배의 옆면에 대고 한 손으로는 다른 귀를 덮은 채 물결이 찰랑이는 소리를 듣는 기분. 그리고 배 안에서 나오는 듯한 둔탁한 쿵쿵 소리는 어떻고. 마치 배가 아무에게도 말

178

하지 않은 비밀을 간직한 듯한 소리.

올레아가 말했다.

"여기 누워 있어도 돼요?"

"당연히 되고말고. 줄만 꽉 붙잡고 있으면 돼."

아이가 덧붙였다.

"아빠는 안 된다고 했어요."

내가 대답했다.

"나랑 있을 땐 돼."

아이는 몸을 바닥에 붙인 채 앞으로 조금 더 나아갔다. 그리고 머리를 뱃전 밖으로 내밀었다. 나는 머릿속이 답답했다. 모종의 필터를 끼운 채 세상을 보는 것만 같았다. 의사의 말소리가 거듭 재연되었다. 대화의 조각들이. **여름 잘 보내고 계시죠? 안타깝습니다.** 어제보다 파도가 더 거셌다. 나는 파도 위로 보트를 몰며 물결을 내려다보았다. 잠시, 언젠가 보았던 재난 영화의 한 장면을 얼핏 본 듯했다. 거대한 파도가 우리 쪽으로 밀려오고 배가 뒤집히는. 우리는 낚시를 오래할 게 아니잖아. 나는 속으로 우리가 아무것도 못 잡기를 바랐다. 올레아가 지켜보는 가운데 무언가를 죽일 수 있는 뚝심이 내게 있는지 잘 모르겠다. 마르테는 아마도 혼자 올레아를 보트에 태워 바다로 나간 적이 없을 것이다. 직접 배를 모는 것도 갓 배웠으니까. 마르테는 어딜 갔을까, 어디서 울면서 앉아 있을까를 생각하니 어쩐지 속이 메스꺼워지는 것 같았다. 크리스토페르에 대한 모든 얘기를 너무 쉽게 말해버렸다. 그렇게 쉬워선 안 되는 거였다.

대형 모터보트가 우리를 지나쳐 갔다. 큰 배는 오른쪽으로 피해서 갔지만 속도가 매우 빨랐다. 파도가 거세져서 우리는 위아래로 출렁였다. 나는 운전대를 한쪽으로 한껏 꺾으며 올레아에게 난간을 꼭 잡으라고 외쳤다. 하지만 너무 늦었다. 올레아는 상체를 보트 가장자리 밖으로 내민 채 다리만 걸치고 있었다. 보트가 공중으로 들렸다가 물에 다시 내려앉는 순간 아이가 뱃전 아래로 떨어졌다. 나는 올레아, 하고 외쳤지만 내 외침은 들리지 않았다. 수면 위로 올레아의 머리와 팔이 보였다. 나는 보트를 정지시킬 수가 없었다. 별안간 닥친 이 상황에서 어떻게 해야 하는지 머릿속이 하얘졌다. 눌러야 하는 버튼이 있나? 제동장치는 어디 있지? 뭘 어째야 하지? 물에 뛰어들어서 아이한테 헤엄쳐 가야 하나? 나는 허둥지둥 조작부를 더듬으며 배를 반대 방향으로 돌리려 했지만 그것마저 어떻게 하는지 잊어버렸다. 두 손은 덜덜 떨리고, 머릿속은 하얗고 차갑게 텅 비어버렸다. 앞으로 나아가는 보트의 엔진 소리만 웅웅 들렸다.

배의 속도가 너무 빨랐다. 올레아에게서 점점 더 멀어지고 있었다. 간신히 배의 방향을 돌려서 올레아에게 다가갔다. 아이가 보이지 않았다. 피오르는 끝없이 광활하고 물결이 하나같이 똑같았다. 똑같은 색깔과 똑같은 모양이다. 올레아가 안 보인다. 보이지 않는다. 흐느낌이 가슴에서 끓어올랐다. 이건 사실이 아니야, 현실이 아니야. 당황한 채 주위를 살피는데 올레아의 머리와 물속에서 버둥대는 두 팔이 보였다. 생각만큼 그리 멀리 있지 않았다. 나는 기어를 중립에 놓고 갑판에 엎드려 올레아가 입은 구명조끼의 깃을 잡았다. 하지만 올레아가 비명을 지르며 너무 세차게 몸부림을 치는 바람에 깃을 놓치고 말았다. 다행히 아이가 두 손으로 내 팔을 꽉 붙들었다. 뱃전 위로 끌어 올리는데 놀랍도록 무거웠다. 옷은 흠뻑 젖었고, 신발 한 짝은 달아났으며, 무릎은 어디에 쓸렸는지 피가 났다. 나는 아이 옆에 무릎을 꿇고 앉았다. 올레아가 입술을 달싹여 소리 없는 비명을 질렀다. 곧 소리가 돌아왔다. 올레아는 크고 깊고 무시무시한 고함을 내지르며 나를 와락 붙들었다. 나는 아이를 꼭 안았다.

"우리, 낚시를 하면 혹시 기분이 나아지는지 볼까?"

나는 물으면서도 부끄러움에 얼굴이 달아올랐다.

올레아가 울음을 터뜨렸다.

"집에 갈래요."

내가 말했다.

"그래. 돌아가자."

집에 닿을 때쯤이면 아이가 좀 진정이 될지도 모른다고, 나는 아직 실낱같은 희망을 버리지 않았다. 우스꽝스러운 사소한 사건이었다고. 올레아, 우리 꼴 좀 봐, 하고 유쾌하게 웃어넘기면서. 하지만 선착장에 가까워지자 다시 볼륨을 키운 것만 같았다. 올레아는 미처 배를 멈춰 세울 겨를도 없이 깡충 뛰어서 땅에 발을 디뎠다. 물이 찬 신발에서는 꾸르륵 소리가 났고, 옷은 젖어서 축 늘어져 있었다. 아이는 울부짖으며 별장을 향해 뛰어갔다. 다급해진 나는 보트를 엉성하게 정박시켰다. 정원에 도착했을 때 올레아는 크리스토페르의 무릎에 앉아 울고 있었다.

내가 말했다.

"사고가 있었어."

올레아는 부들부들 떨고 있었다.

내가 또 말했다.

"구명조끼는 입고 있었어."

이 말이 얼마나 형편없이 들리는지 잘 알지만 아이는 구명조끼를 입고 있었다고.

엄마와 스테인 둘 다 나무덱으로 나왔고 엄마가 무슨 일인지 물었다. 물이 뚝뚝 흐르는 올레아의 머리카락과 젖은 옷, 한 짝뿐인 신발, 까진 무릎. 올레아는 큰 소리로 한 번에—흐느끼느라 간간이 중단되기는 했지만—긴 이야기를 토해냈다. 저렇게까지 말할 건 아닌데, 나는 속으로 생각했다. 자기는 배 앞머리에 엎드려 있었고, 이다 이모가 그래도 된다고 했으며, 그러다 물로 떨어졌는데, 이다 이모가 계속 가버렸다고. 아이에게 조용히 하라고, 더 말하지 말라고 말하고 싶었지만 그럴 수가 없었다. 나는 가만히 서서 아이의 말을, 울음과 칭얼거림을 듣고 있어야만 했다.

나는 두 팔을 떨군 채 말했다.

"올레아, 내가 가버린 게 아냐."

왠지 눈물이 날 것 같았다. 물속에 빠져 있던 아이가 떠오르고, 아이가 보이지 않았던 순간과 무릎의 피를 보았을 때의 감정이 복받쳤다.

크리스토페르가 물었다.

"계속 가버렸다고?"

"일부러 그런 게 아냐. 보트를 멈출 수가 없었어."

엄마가 말했다.

"아이를 태웠으면 조심을 해야지, 이다. 네가 보트 운전이 그렇게 익숙한 것도 아니잖아."

나는 울컥하며 외쳤다.

"나도 잘 안다고요."

크리스토페르가 물었다.

"애가 익사할 뻔했어. 대체 뭘 하고 있었던 거지? 앉아서 문자라도 보내고 있었어?"

나는 같은 말을 반복했다.

"구명조끼를 입고 있었다고."

스테인이 안경을 닦으며 말했다.

"구명조끼를 입어도 익사할 수 있어. 안전하다고 안심하게 만들거든."

엄마가 물었다.

"너, 저녁 먹으면서 술 마시지 않았니?"

"참 나, 그건 한참 전이잖아요."

올레아가 덧붙였다.

"그리고 신발도 잃어버렸어요. 새 신발인데."

엄마가 말했다.

"착하지, 착하지."

처음엔 내게 하는 말인 줄 알았는데 엄마는 지금 올레아의 젖은 머리를 쓰다듬고 있었다. 엄마와 스테인과 크리스토페르가 올레아를 두고 반원을 그리고 섰다. 그리고 다들 나를 보고 있었다. 네 사람 모두 나를 보고 있었다. 내가 무언가 말하기를 기다리는 듯이. 그러나 나는 아무 말도 하지 않았다. 나는 울지 않기 위해 고개를 들어 위를 바라봤다. 별장의 하얀 벽을, 지붕의 기와와 몇 번이나 말벌집이 생긴 적이 있는 처마를.

크리스토페르가 올레아를 안고 일어섰다. 아이가 이를 딱딱 부딪으며 떨어서 젖은 옷을 갈아입혀야겠다고 말했다. 그가 사탕을 주겠다고 약속하자 올레아는 양치질을 해야 하냐고 물었고, 그는 오늘 밤엔 빼먹어도 좋다고 말했다.

엄마가 말했다.

"이다, 제대로 사과해야지."

나는 항변했다.

"일부러 그런 게 아니라고요."

스테인은 나를 보며 눈썹을 움찔거리더니 희미하게 싱긋 웃었다. 나는 그 모습을 외면했다.

잠시 후, 나는 크리스토페르의 방으로 가보았다. 그는 올레아를 재우고 있었다. 어두운 방 안에서 두 사람이 두런거리는 소리가 들렸다. 크리스토페르는 나를 보더니 침대에서 일어났다. 우리는 문 앞에 서서 속삭였다.

그가 말했다.

"지금 당신이 여기 있어선 안 될 거 같은데."

"그냥 올레아와 얘기하려는 것뿐이야."

"올레아는 당신과 얘기하고 싶어 하지 않아. 그러니까 그만해."

"나와 잠깐 얘기하는 건 싫어하지 않을 거야."

크리스토페르가 복도로 나와 방문을 닫으며 말했다.

"그거 알아? 여기선 올레아와 내가 가족이야. 당신은 아니라고. 난 당신처럼 마르테를 몰아붙이지 않아. 그리고 씨팔, 당신은 언제 거리를 둬야 하는지 좀 배워야 해. 알겠어?"

내 입에서 독설이 나오고 말았다.

"당신은 그 아기를 원하지 않잖아."

그는 말이 없었다. 진저리가 난다는 듯 고개를 젓더니 올레아에게 돌아갔다. 침대에 누운 아이가 보였다. 나와 눈이 마주쳤지만 벽을 향해 돌아누웠다. 크리스토페르는 침대 가장자리에 앉아 내가 포기하고 문을 닫을 때까지 나를 빤히 쳐다봤다.

나는 내 작은 방의 옷장에서 옷을 꺼내고 의자에 걸쳐 둔 옷을 개고, 책과 잡지들을 그러모은 뒤 모든 것을 가방에 넣었다. 밖은 어두워지고 있었다. 정원은 밤에 참으로 근사하다. 관목은 짙은 색 그림자를 가진 동물이나 사람 같았다. 올레아의 장난감 몇 개가 풀밭에 버려져 있었다. 바람에 해먹이 흔들렸다. 마치 누군가 방금 안에 누워 있다가 펄쩍 뛰어나온 것처럼. 저 아래 피오르에서는 녹색, 붉은색의 불빛이 서로를 스쳐 지나갔다. 나는 아랫배에 손을 올려놓고 가늠해보려 했다. 이 안에서 무언가가 아직 작동하고 있는지, 무엇이라도 생명을 지탱할 수 있는 게 있는지, 또는 그저 말없이 드러누워 죽어 있는지. 손바닥 아래로 따뜻한 피부만이 느껴졌다. 내일 버스 정류장까지 태워다 달라고 부탁할 생각이었다. 엄마나 어쩌면 스테인일 수도 있겠지. 나는 내 아파트로 돌아가 혼자가 될 것이고, 그 혼자임이 나를 에워싸는 걸 느낄 것이다. 그리고 직장에 복귀해야 하는 날까지 매일 늦잠을 자고, 텔레비전을 보며 시간을 보낼 것이다. 어느 누구와도 말을 할 필요가 없고, 모든 게 고요할 것이다.

엄마는 방문 안으로 고개를 들이밀며 뭘 하고 있느냐고 물었다. 엄마는 노크도 하지 않았다.

나는 대답했다.

"짐 싸요. 내일 갈 거예요."

"간다고? 왜?"

"우린 어차피 일찍 돌아갈 거잖아요. 그냥 도시로 돌아가 혼자 시간을 좀 보내고 싶어요."

엄마는 팔짱을 낀 채 그 자리에 서서 돋보기안경 너머로 나를 건너다봤다. 그렇게 서 있는 엄마의 모습이 꼭 마르테 같았다. 나는 엄마가 그 자리에 그렇게 서서, 그런 식으로 쳐다보는 게 짜증이 났다. 엄마는 한 다리에서 다른 다리로 체중을 옮겨가면서 계속 버티고 서 있었다. 그건 상대방을 발끈하게 만들기 충분했다.

내가 물었다.

"나한테 뭐 볼일 있어요?"

엄마가 되물었다.

"무슨 문제 있니?"

엄마는 말도 느리고, 왜 모든 게 저렇게 굼뜨고 느릿한지. 나는 스웨터를 뒤집어서 개면서 말했다.

"멀쩡해요."

"네가 너무 이상하게 굴잖니."

"내가 뭘."

나는 열세 살짜리처럼 말했지만 내가 기억하는 한 열세 살 때의 나는 적어도 그런 말을 한 적이 없었다. 마르테는 사춘기 때 원하는 걸 허락받지 못할 때면 언제나 문을 쾅 닫고 엄마에게 못된 말을 쏘아붙이며 드라마를 연출하곤 했던 반면에, 나는 늘 어른스럽게 행동했다. 나는 허락되는 선을 넘는 법이 없었고, 마르테가 아프거나 불합리하게 굴 때면 곁에서 엄마를 위로했다. 나를 위로할 사람은 아무도 없었다. 옛날이나 지금이나 내게는 나를 위로해줄 사람이 아무도 없었다는 게 문득 사무치면서 뼈아프게 다가왔다. 하지만 옛날 일에 대해 비통해하며 계속 이렇게 살 수는 없었다.

엄마가 여전히 팔짱을 낀 채 문틀에 기대고 섰다.

"남은 며칠만이라도 같이 좋은 시간을 보내도록 노력해보면 안 될까? 그래줄 수 있어?"

나는 엄마가 신경이 날카로우면 견디지 못했다. 늘 그랬다. 나는 가방에 넣은 옷을 내려다봤다. 축 처진 두 팔이 무겁고 어색하게 느껴졌다.

"마르테가 돌아오면 다 해결될 거야. 그럼 내일 우리 바비큐 파티 하자. 어때?"

나는 엄마의 말에 고개를 끄덕이면서, 어느덧 두 주먹을 부르쥐고 있었다. 눈물이 차올랐다.

"알았어요."

"잘됐네."

엄마는 어쩐지 조급한 톤으로 말하며 내 어깨를 토닥인 다음 방을 나갔다.

10

　나는 해먹 안에서 담요를 덮은 채 몸을 웅크리고 위를 올려다봤다. 저물녘이지만 아직 해가 떠 있는 여름 하늘이었다. 배가 쑥 들어갔다. 너무 적게 먹어서 어지러웠다. 난 그냥 슬픈 게 아니다. 해먹은 좌우로 천천히 흔들렸다. 난 그냥 슬픈 게 아니야. 손발이 따뜻해지면서 맥박이 맹렬한 힘으로 온몸으로 퍼졌다. 아무것도 내가 기대했던 대로 되지 않았다. 무언가 다른 게 있다면, 내가 상상했던 것과 다른 무언가가, 조금 더 행복한 무언가가 있다면.

　그때 차 소리가 들렸다. 반쯤 몸을 일으키자, 차 문을 쿵 닫는 소리와 자갈길을 밟는 발소리, 별장의 문을 여는 소리 그리고 다시 문을 쿵 닫는 소리가 들렸다. 마르테라는 걸 알 수 있었다. 리듬이 다르다. 나는 속으로 생각했다. 이런 것은 자매만이 알 수 있는 거라고, 어떻게 하면 서로에게 상처가 되는지, 집 안에서 움직이는 소리, 자갈길을 밟으며 별장으로 가는 서로의 발소리가 어떤지.

나무덱에서 담배 연기 냄새가 났다. 누군가 거기 앉아 있었다. 스테인이었다. 나는 담요를 가지고 가서 그의 옆에 앉아 테이블에 놓인 담뱃갑에서 한 개비를 꺼냈다. 크리스토페르의 것이다. 마지막으로 담배를 피운 지 몇 년이 되었다. 나는 숨을 들이쉬며 니코틴이 가슴 전체로 번지며 팔과 손을 따라 퍼지는 얼얼한 기분을 느꼈다. 새 정원 의자는 편안했다. 깊숙이 앉으니 침대에 누운 것만 같았다.

스테인이 말했다.

"이다, 이다, 이다."

내가 대답했다.

"스테인, 스테인, 스테인."

스테인이 쿡쿡 웃으며 말했다.

"흐음."

내가 물었다.

"마르테와 크리스토페르는 얘기하는 중인가요?"

그가 설명했다.

"응. 내가 자리를 피해주는 게 좋겠다 싶어서."

우리는 그대로 앉아 침묵을 지켰다. 모기 한 마리가 귓전에서 앵앵대자, 놀란 나는 손으로 모기를 쳐서 쫓았다.

스테인이 말했다.

"연기 때문에 모기가 달려들지 않을 줄 알았더니."

내가 그에게 물었다.

"왜 자식이 없으세요?"

"왜 자식이 없는가."

그가 미간을 긁적이며 내 말을 반복했다.

"그냥 그렇게 됐어. 나랑 결혼했던 여자가 가질 수 없었지. 요즘 같으면 기술 진보니 뭐니 해서 가능했을지도 모르지만."

모기는 내 팔에 앉았다. 나는 모기를 지켜보며 손을 들어 올렸다. 모기는 작은 주둥이를 달싹이더니 내 피부에 꽂았다. 나는 손가락으로 툭 쳐서 모기를 쫓았다.

내가 또 물었다.

"후회는 없으세요?"

"이번 휴가 중에 너희들을 지켜보고 있자니 후회가 안 되느냔 말이지?"

스테인이 묻더니 껄껄 웃었다. 나도 따라 웃었다.

그가 결국 말했다.

"후회가 왜 없겠어. 하지만 이 경우엔 후회할 게 뭐가 있나 모르겠어. 좋았겠다고 가끔은 생각하지. 정말 좋았겠다고. 그런데 돌아가신 지 오래된 할머니가 가끔 보고 싶은 정도랄까, 말하자면 말이야."

나는 침묵을 지켰다. 모기가 앉았던 자리가 가려웠다.

그가 나를 보며 말했다.

"이런 인생도 괜찮을 수 있어, 이다. 난 그것도 좋은 인생이라고 생각해. 인생을 사는 방식은 여러 가지거든."

좋은 인생, 나는 속으로 생각했다. 잠시, 나는 좀 더 나이가 든 내가 스테인이 되어가는 걸 상상했다. 안경 위에 탈착식 선글라스를 덧쓰고, 보트를 탈 때 모두의 눈총을 받으면서도 페도라를 벗지 않겠다고 고집 피우는, 장년 (長年)의 여자에게 한없이 다정한 아이 없는 남자를.

마르테가 나무덱으로 걸어 나왔다. 마르테는 아직 스

타킹을 신은 채였고, 지쳐 보였다.

스테인이 말했다.

"마르테가 합석하러 오는군."

마르테가 응수했다.

"넵."

마르테가 내 의자 아래에 앉았다.

"여기 앉으렴. 여자와 아이들이 앉아야지. 나는 안을 좀 들여다볼 테니."

마르테는 시내에 나갔다 왔다고 했다. 피오르 옆에 있는 호텔에 방을 예약하고 아침까지 있다가 올 계획이었다. 그런데 몇 층 아래에 시끄러운 펍이 있어 고함 소리와 시끄러운 음악 소리가 정원에서 흘러나오는 바람에 잠을 이루지 못하고, 호텔 침대에 앉아 텔레비전을 보면서 음량을 올리는 것으로 아래층의 시끄러운 소리를 막아보려고 했지만 흘러간 여름 히트곡들만 연이어 나왔다. 다른 날 밤에 보트에서 들었던 것과 같은 노래였는데, 결국 자기 침대 생각만 간절해졌다고 했다.

마르테는 웃어 보이려다가 곧 울음을 터뜨렸다.

"어쨌든 크리스토페르와도 곧 얘기해야 하기도 했고."

내가 물었다.

"자고 있어?"

마르테가 두 손을 내저으며 말했다.

"응. 젠장, 더 울고 싶지 않아."

마르테는 훌쩍이며, 입을 벌리고 숨을 쉬었다. 나는 일어나서 담요를 둘러주었다. 밤공기는 차고 습했다.

"최악인 건, 그 사람이 아무 말도 한 적이 없다는 거야. 모든 것에 대해서 그냥 착한 사람으로 남고 싶어서 그냥 행복한 척했지. 말을 할 수도 있었잖아."

"하지만 그랬다면 아무 성과도 없었겠지. 넌 원하는 걸 얻었잖아."

"그렇지. 맞아. 하지만 난 임신에 절대 반대인 남자의 아이를 가진 채 이렇게 앉아 있게 될 줄은 생각도 못 했어."

마르테가 배를 내려다보며 말했다. 마치 느닷없이 낯설다는 듯이.

나는 크리스토페르의 담뱃갑에서 한 개비를 더 꺼내며 마르테가 그리는 미래를 상상해봤다. 죄책감의 무게로 괴로워하지만 출산 교실 따위에는 함께 갈 마음이 없으며, 산후에는 마르테에 대한 노여움이 쌓이고, 아기가 울 때마다 점점 더 지쳐가는 남자. 마르테는 혹시라도 크리스토페르가 깨서 아기를 돌봐야 하면 짜증스러울까 봐 제 체력이 허락하는 것보다 더 자주 밤새 자다 깨다를 반복할 것이고, 크리스토페르는 결국 어느 날엔 선언할 것이다. 마르테, 난 더는 못 하겠어.

내가 말했다.

"내 소유권 가져가도 돼. 생각해봤는데 괜찮아."

"정말? 잘됐다."

마르테가 무심하게 보이려 애쓰지만 기뻐하고 있는 걸 알아채기란 어렵지 않았다.

나는 고개를 주억거렸다. 마르테는 울음을 그쳤고, 의자 위에 다리를 모으고 담요를 턱까지 당겨 덮었다.

그런 다음, 나는 마르테에게 스웨덴에 대해 말했다. 어제 받은 전화에 대해, 의사가 한 말을 얘기했다.

"아……. 그럼 다 끝났다는 뜻이야?"

"모르겠어. 최소한 쉽지는 않으리라는 뜻인 거 같아."

마르테가 고개를 끄덕였다. 정원 어딘가에서 나뭇가지 하나가 삐걱거렸다.

나는 어느새 울먹이고 있었다.

"그냥 너무 멍청해서. 내가 애를 **가져야만 하는** 것도 아닌데. 아니면, 글쎄 가져야 하나? 그냥 어떻게 보면 이게 마지막이니까. 이렇게 갑작스럽게 너무 늦어버리게 되리라곤 상상도 못 했어. 멍청하지."

마르테가 말했다.

"멍청하지 않아."

내가 대답했다.

"그렇지."

우리는 말이 없어졌다.

마르테가 가만히 웃으며 말했다.

"그래도 언니는 행복할 이유가 있을지도 몰라. 난 소질이 없나 봐. 올레아하고는 영 안 맞아. 크리스토페르도 나에 대해서 비슷하게 느끼는 것 같아."

마르테의 미소와 눈빛에 담긴 고통이 나를 갈가리 찢어놓는 것만 같았다. 나는 고개를 저었다. 내 안에서 무언가가 열렸다. 저녁 먹을 때 그랬던 것처럼. 나는 잘못된 길을 택했다. 내 안에 공허가 있고 그것은 점점 커져 나를 장악했다. 마치 내가 드넓고 검은 무언가를 응시하고, 그 무엇이 나를 마주 응시하는 것만 같았다.

마르테가 물었다.

"왜 그래?"

미안해 미안해 미안해. 내가 한 모든 짓들이, 내가 나인 것이. 내가 할 수 없고 마주할 수 없는 모든 것이. 말들이 터져 나오려는 걸 느꼈다. 말들이 나오려 한다. 크리스토페르가 잘못한 게 아니야. 하지만 그 말이 사실인지 아닌지도 모르겠다. 마르테가 일어나 나를 안았다. 몸을 빼려는데, 포옹이 어색하기도 하고, 너무 꼭 안기도 했다.

마르테가 다정한 목소리로 다시 물었다.

"무슨 일이야?"

내가 별장을 넘겨줬으니 다정한 것도 당연하다. 해수욕 지점으로 내려가는 오솔길과 낡은 놀이 집과 소나무들 사이의 해먹을 주었으니, 벌써 마음이 아팠다. 나는 코로 심호흡을 몇 번 하고 다시 진정을 되찾았다.

"아무것도 아니야."

나는 잠을 푹 자지 못했다. 날이 밝을 때까지도 잠이 오지 않았다. 몸이 아팠다. 가슴과 팔이 아프고, 머리가 빙빙 도는 것 같았다. 나는 천천히 일어서서 커튼을 열어젖

했다. 여긴 참 좋다. 아침 햇살과 물이 있는 풍광, 끼룩대
는 갈매기 소리. 모든 게 맑고 밝다. 다른 이들의 소리가
들렸다. 집의 다른 곳에서 나는 목소리와 소리들.

"좋은 아침."

내가 주방에 들어서는데 마르테가 인사했다. 마르테와
크리스토페르와 올레아가 주방 식탁에 앉아 있었다. 크
리스토페르는 시선을 다른 곳으로 돌렸다.

내가 말했다.

"좋은 아침."

나는 마실 커피를 한 잔 따르곤 어디 앉아야 할지 알지
못해서 마르테 곁에 앉았다. 다른 이들은 삶은 계란을 먹
고 있는데, 내 몫은 없었다. 이에 대해 무언가 농담을 해
야 한다는 생각으로 머리가 부산한데 그 말을 누구에게
해야 할지 모르겠다. 아마도 마르테에게 해야겠지.

"〈셀레브레이션〉이라는 영화 있잖아. 그 영화에서 전
날 같다, 꼭."

그리고 대답이 없자 덧붙였다.

"그 왜, 다음 날 아침 장면 있잖아. 소아성애자 아버지
의 비밀이 드러난 다음에, 식탁에서 자기 자리를 찾으려

고 하던 장면."

아무도 웃지 않았다.

올레아가 물었다.

"소아상자가 뭐예요?"

마르테가 대답했다.

"아무것도 아냐."

크리스토페르와 마르테는 나란히 앉아 있었다. 둘 다
몹시 지쳐 보였고, 마르테는 눈이 부었다. 크리스토페르
는 걱정스러운 눈빛으로 마르테 쪽을 가끔 훔쳐봤다.

"우린 오늘 가요. 할 일이…… 얘기할 게 있어서요."

나는 올레아를 바라봤다. 묶은 머리와 반쯤 벌리고 음
식을 씹는 입, 보라색 민소매를 입은 가녀린 어깨, 허공의
알 수 없는 지점을 멍하니 바라보는 시선. 아이가 생각하
는 모든 것이, 아이가 말하는 모든 것이, 아이가 할 수 있
는 모든 것과 그 아이가 될 모든 것이, 결코 내 것이 될 수
없는 모든 것이. 서글픔이 내 안에서 다시 커져서 나는 눈
을 감았다. 나는 그 물결에 압도된 것처럼 휘청였다. 시간
은 말없이 나를 지나쳐 갔다. 나는 전혀 깨닫지도 못했는
데 내가 자는 동안 방 안으로 몰래 들어왔다. 그 깊은 어

딘가에는 엄연한 안도감도 있다. 스트레스를 받을 일도 이젠 없는 것이다.

나는 빵 한 조각을 더 집어 버터를 바르는 마르테를 봤다. 크리스토페르는 커피를 마시며 핸드폰을 만지작거리고, 올레아는 한가로이 흔들리는 이빨을 만지고 있었다. 이들은 곧 넷이 될 것이고, 지금으로 봐선 균열이 쉽게 생길 것이다. 결국은 서로를 잘 알지 못했다는 걸 암시하는 한 문장, 한 마디에 그들은 다시 각자의 길을 가게 될 것이다.

크리스토페르가 입을 꼭 다물고 자기 머그잔 안을 들여다봤다. 나는 용서해달라고 하지는 않을 것이다. 나는 꽃 장식 접시들과 우유 잔들을 내려다봤다. 나는 저들에게 이 모든 것을 넘겨주었다. 그것으로 충분했다. 이곳을 차지할 사람이 마르테라는 사실을 생각하면 후회가 솟구쳤다. 그러지 말걸, 주지 말걸.

나는 올레아를 보며 말했다.

"올레아, 우리 같이 나갔을 때 이모가 더 조심했어야 하는데, 미안해."

그리고 이렇게 덧붙였다.

"일부러 너 없이 계속 간 건 아니야. 보트를 멈출 수 없었을 뿐이야."

올레아가 고개를 끄덕이더니 시선을 돌리고 다시 흔들리는 이를 만지작거렸다.

"나한테 이 좀 보여줄래?"

아이는 도리질을 했다. 마르테가 나를 건너다보자, 나는 두 뺨이 화끈거렸다.

우리는 손을 흔들며 작별했다. 엄마와 스테인과 나는 나란히 서서 그들의 차가 멀어져가는 걸 지켜봤다. 올레아는 뒷좌석 창문 밖으로 있는 힘껏 손을 흔들다가 다른 손으로 바꿔서 흔들었다. 차가 모퉁이를 돌 때쯤 마르테의 팔이 창밖으로 나왔다. 차가 시야에서 사라지기 전에 손을 살짝 흔들었다.

엄마가 손을 털며 말했다.

"갔네. 세상에, 사람들이 떠나면 언제나 너무 고요하단 말이야."

스테인이 두 손을 마주치며 제안했다.

"커피 좀 마실까?"

나는 소파에 누워 별장의 방명록을 뒤적였다. 다른 이들이 떠나기 전에 작성한 것이다. 올레아는 큰 물고기 두 마리를 들고 애매하게 웃고 있는 제 모습을 그렸고, 그 아래에는 마르테가 반 페이지나 글을 썼다. 어릴 때부터 봐온 마르테의 글씨체는 아주 단정하고 약간 어린애 같았다. 요즘에는 손 글씨를 본 적이 거의 없었다. '즐거운 며칠에 감사한 마음'이라고 쓴 다음 날씨에 대해 짧게 썼다. 첫 며칠은 비가 꽤 왔지만 그 후론 좋았다. 해안 마을로 놀러 가고, 헤이아에 하이킹도 갔다. 올해는 진드기가 많아서 다들 몸을 세심히 확인해야 했고, 올레아는 생전 처음으로 물고기를 잡았으며, 나는 큰 보트를 몰고 나갔다. 배움에 늦은 때란 없다! 방명록 마지막쯤에는 '새우와 맛있는 케이크로 엄마의 예순다섯 번째 생신을 축하했고, 며칠 후 언니도 합류했다. 즐거운 휴가를 보내고 이젠 일상으로 돌아갈 시간'이라고 썼다.

다음에는 넷이 되어 올 거라는 둥, 마르테다운 말을 기대했는데 그런 말은 하나도 쓰지 않았다. 예전에 쓴 기록도 훑어봤다. 언제나 똑같은 내용이었다. 주로 마르테와 엄마가 쓰고, 간혹 읽기 어려운 스테인의 문장이 바로 밑에 있었다. 이곳에 머물렀던 엄마와 스테인의 친구들이 한껏 칭찬을 남기기도 했다. 천둥과 햇살, 낚시, 진드기에 관한 것이거나 나무덱에 착색제를 칠하거나 보트를 손본 이야기, 뭘 먹었는지 따위의 얘기였다. 엄마는 피오르에서 갓 낚은 싱싱한 대구와 고등어 그리고 스테인이 만든 레드와인을 넣은 새우찜 요리에 대한 이야기뿐이었다. 나는 딱 두 번 썼다. 수영, 해먹, 낚시, '모두 고마워요!' 두 번 다 팔월 말에 쓴 것이었고, 다른 경우엔 내 이름은 엄마가 쓴 글 아래 함께 서명을 하는 정도로만 등장했다. 여기 좀 더 자주 왔어야 하는 건데. 아무도 내가 여기에 있었다는 걸 기억하지 못할 것이다. 방명록을 덮어 책장에 다시 넣은 다음 나무덱으로 나갔다. 햇살에 달궈진 나무판이 따스했다. 정원 의자에 앉아 스테인은 십자말풀이를 하고 엄마는 책을 읽고 있었다. 엄마는 선글라스를 쓴 채 주변을 맴도는 말벌을 쫓았다. 말벌이 웅웅대며 돌아오자 엄마는 다시 말벌을 내쳤다. 나는 거기 서서 그들을 지켜봤다. 의자가 하나 비어 있었지만 차마 합석하지 못했다.

엄마가 선글라스를 벗고 나를 물끄러미 바라봤다.

"왜 그래?"

"두 분도 가셨으면 해요."

"혼자 괜찮겠니?"

"문제없어요."

스테인이 가방을 차로 가져갔다. 계획보다 이틀이나 먼저 떠나자고 설득한 건 분명 그였을 것이다. 엄마는 어제 저녁 툴툴대며 짐을 쌌다. 스테인은 차에 올라타기 전에 내 어깨를 가볍게 토닥인 다음 차 문을 닫았다. 그가 라디오를 켜는 소리가 들렸다.

엄마가 쓸쓸한 웃음을 지으며 말했다.

"네가 무슨 속셈인지 안다고는 못 하겠다. 아닌 밤중에 이게 다 뭐니."

내가 말했다.

"맞아요."

엄마가 화가 났다는 것을 알고 있지만 그건 내게 중요하지 않았다. 아무 감정도 들지 않았고, 그냥 팔다리에 지친 감각만이 느껴졌다.

엄마가 물었다.

"이제 뭐 할 거니?"

"두고 봐야죠."

"그렇겠지. 너나 마르테나, 너희 둘은 늘 하고 싶은 대로 하잖니. 네가 그 연설에서 했던 말이 뭐였더라?"

내가 되물었다.

"더 잘 실패하라?"

"아니, 어제 한 말. '인생은 사십부터' 맞나?"

"그건 엄마가 한 말이잖아요."

우리는 포옹 비슷한 것을 했다. 어색함이 느껴졌다. 나는 자갈길에 서서 차가 모퉁이를 돌아 보이지 않을 때까지 손을 흔든 다음, 안으로 들어가 문을 닫았다. 지금 이곳은 고요하다. 방은 모두 텅 비었고, 햇살이 창문들을 비추며 마룻바닥과 조그만 깔개에 떨어졌다. 오래된 조개껍질과 해양 지도 액자를 놓아둔 선반의 먼지 층이 햇살에 드러났다. 시간은 별장과 정원과 나를 통과하며 지나갔다. 이번 여름도 다른 여름과 별반 다르지 않았다. 아주더웠던 해가 언제였고 고등어를 많이 잡았던 때가 어느 여름이었는지 몰라도, 어떤 여름은 곧 가고 다른 여름이 올 것이다.

나는 내 작은 방에서 물건들을 꺼내 큰 방으로 옮겼다.

그러곤 나무덱으로 나가 피오르를 바라봤다. 이곳엔 나뿐이었다. 나는 가만히 서서 얼굴에 닿는 햇살을 느꼈다.

어른들

ⓒ 마리 오베르, 2021

초판 1쇄 인쇄일 2021년 11월 26일
초판 1쇄 발행일 2021년 12월 15일

지은이   마리 오베르
옮긴이   권상미
펴낸이   정은영
편집   김정은 정수향 정사라
마케팅   최금순 오세미 김하은
제작   홍동근

펴낸곳   (주)자음과모음
출판등록   2001년 11월 28일 제2001-000259호
주소   10881 경기도 파주시 회동길 325-20
전화   편집부 (02)324-2347 경영지원부 (02)325-6047
팩스   편집부 (02)324-2348 경영지원부 (02)2648-1311
이메일   munhak@jamobook.com

ISBN 978-89-544-4787-4 (03850)